아픈 데
마음 간다는
그 말,

아픈 데 마음 간다는 그 말,

처음 펴낸 날 | 2020년 1월 21일

지은이 | 윤구병

편집위원 | 김영옥, 임선근

펴낸이 | 조인숙
펴낸곳 | 호미출판사
등록 | 2019년 2월 21일(제2019-000011호)
주소 | 서울시 양천구 목동서로 287 1508호
영업 | 02-322-1845
팩스 | 02-322-1846
전자우편 | homipub@naver.com
디자인 | 끄레 어소시에이츠
인쇄 제작 | 수이북스

ISBN 979-11-966446-0-4 03810
값 | 13,000원

이 도서의 국립중앙도서관 출판예정도서목록(CIP)은
서지정보유통지원시스템 홈페이지(http://seoji.nl.go.kr)와
국가자료공동목록시스템(http://www.nl.go.kr/kolisnet)에서
이용하실 수 있습니다.(CIP제어번호:CIP2019020025)

호미 생명을 섬깁니다. 마음밭을 일굽니다.

윤구병이 곱씹은 불교

아픈 데
마음 간다는
그 말,

윤구병

호미

책을 내면서

변산 지름박골에서 짓는 염불

칠칠(일흔일곱)맞게 오래 살다보니, 이 늙은이도 잔머리깨나 굴리게 되었다. 그러나 부처님에 견주면 아무것도 아니다. 잔머리 굴리기로 석가모니 부처 따라잡을 사람 아무도 없다. 예수, 공자, 소크라테스, 노자, 모두… '저리 가라'다.

궁궐에서 밥 먹고 하는 일 없이 잔머리 굴리며 빈둥대기 스무 해 남짓, 어쩌다 성문 밖에 나갔다가 못 볼 꼴을 보고 그 길로 '가출'을 한다. 여기저기 기웃거리면서 길도 닦고(수도修道), 몸 버려가면서 뱀처럼 똬리 틀어 보기도 여러 해. 눈 덮인 산 멀거니 건너다 보면서 보리수 그늘 아래 웅크리고 있다가 드디어 예수가 십자가에 못 박힐 나이쯤 되어 '하산'했나?

'속세'로 내려오자마자 얼마 안 되어 장돌뱅이로 오래 굴러먹은 유마힐을 만났다. 찍하면 입맛이요, 똑하면 목젖 떨어지는 소리다. 갓 저잣거리에 나선 부처가 장마당에서 닳고 닳은 유마힐을 잔머리 굴리기로 어찌 이겨 낼 수 있겠는가? 게다가 유마힐 곁에는 온갖 잡놈들과 대거리하면서 잔뼈가 굵은 고마가시(천녀 天女)가 찰싹 붙어 있다.

부처와 유마 거사가 서로 주거니 받거니 간을 보다가 똥배가 맞아 실없는 이야기를 주고 받는다.

"공밥 먹고 하라는 공부는 않고 딴전이요, 잔머리 굴리면서 주둥이만 까는 녀석들이 적지 않아. 눈에 띄는 대로 임자한테 보낼 테니 그놈들 엉덩이에 똥침을 놓아 앉지도 서지도 못하게 해 주게." - 석가

"걱정 붙들어 매셔. 굳이 내가 나서지 않더라도 여기 입심 사나운 것 하나 있으니." - 유마힐

'입심 사나운 것'이란 「승만경」에 나오는 하늘하늘 곰아가씨(길상천녀)로 기세 좋은 사리자의 콧대를 꺾고 똥줄까지 바짝 태운 못 말리는 여자이다.

부처님 입에서 나왔다는 '팔만사천경문'이 모두 잔머리의 소산이다. 게다가 어제(과거), 이제(현재), 아제(미래-아직)를 통틀어 이어지는 삼천대천세계나 이승을 용화 세상으로 바꾸겠다는 뻥은 또 얼마나 센지! 석가가 똬리 틀고 앉은 거지 움막에 손발 놀리고 몸 놀려 제 앞가림 하지 못하는 날건달들이 날이면 날마다 떼거리로 찾아들어 '비렁뱅이 걸뱅이 하나 추가요' 하고 죽치고 앉는

꼴을 보다 못한 석가가 맨날 하던 말 되풀이하는 것도 낯간지럽고 해서 말 꺼내 놓는다.

"야야, 느그들 오늘 날도 좋은디 이쁜 각시도 훔쳐볼 겸 장터 국밥집에 댕겨 온나."

"우리 싸부님, 유마인지 뭔지 하는 화상과 거래를 튼 다음부터는 날로 입이 걸어져."

"글씨 말여, 입만으로 그치면 좋으련만…."

이렇게 해서 우루루 떼지어 나서는데, 여기에는 뒤늦게 아비 따라서 머리 깎은 석가모니불 아들도 끼어 있다.

여기까지 끼적거리다 보니 아차 싶다. 아무렇게나 내뱉은 말들이 책으로 묶인다니 뒤가 켕기는데, 이래도 되는 거야? 에잇, 내친 걸음이다. 어차피 누굴 가르치려고 쓴 글이 아니었다.

호미 출판사를 이끌며 이 같잖은 글을 매만지다 먼저 이승을 뜬 홍현숙 보살의 얼굴이 눈앞에 어른거린다. 늘 고맙다 여기면서도 살가운 인사 한번 제대로 못했다. 이 자리를 빌어 절을 올린다. 이 책이 나오기까지 아로새기는 듯한 글솜씨로 꼬장꼬장 교열교정을 보았을 김영옥 님에게도 고마운 마음을 전한다.

그리고 누구보다도 '한참(일진)' 스님의 인연이 빌미가 되어 이런 글을 쓰게 되었는데(그렇다고 부처님에게도 스님에게도 누가 될지도 모르는 제멋대로인 글 탓을 밖으로 돌리고 싶지는 않다.) 뒤늦게나마 멀리서 두 손을 모은다.

읽다가 비위를 뒤집어 놓는 말이 더러 눈에 걸리더라도 눈감아 주기 바란다. 워낙에 전생에 지은 악업이 쌓여 이승에서 머리 깎지 못한 응어리를 이렇게라도 풀어냈겠거니 여기면 마음이 조금이나마 풀리시려나?

내가 짱박혀 있는 변산 지름박골의 봄도 초여름으로 건너가고 있다.

다시 염불 한번 웅얼거려 볼까나.

"나는 대한국민 아니다.
나는 조선인민도 아니다.
나는 우리나라 사람이다.
우리는 둘이 아니다.
한라산에 있어도 백두산에 있어도
우리는 하나다."

2019년 6월
윤구병

차례

윤구병이 곱씹은 불교

아픈 데
마음 간다는
그 말,

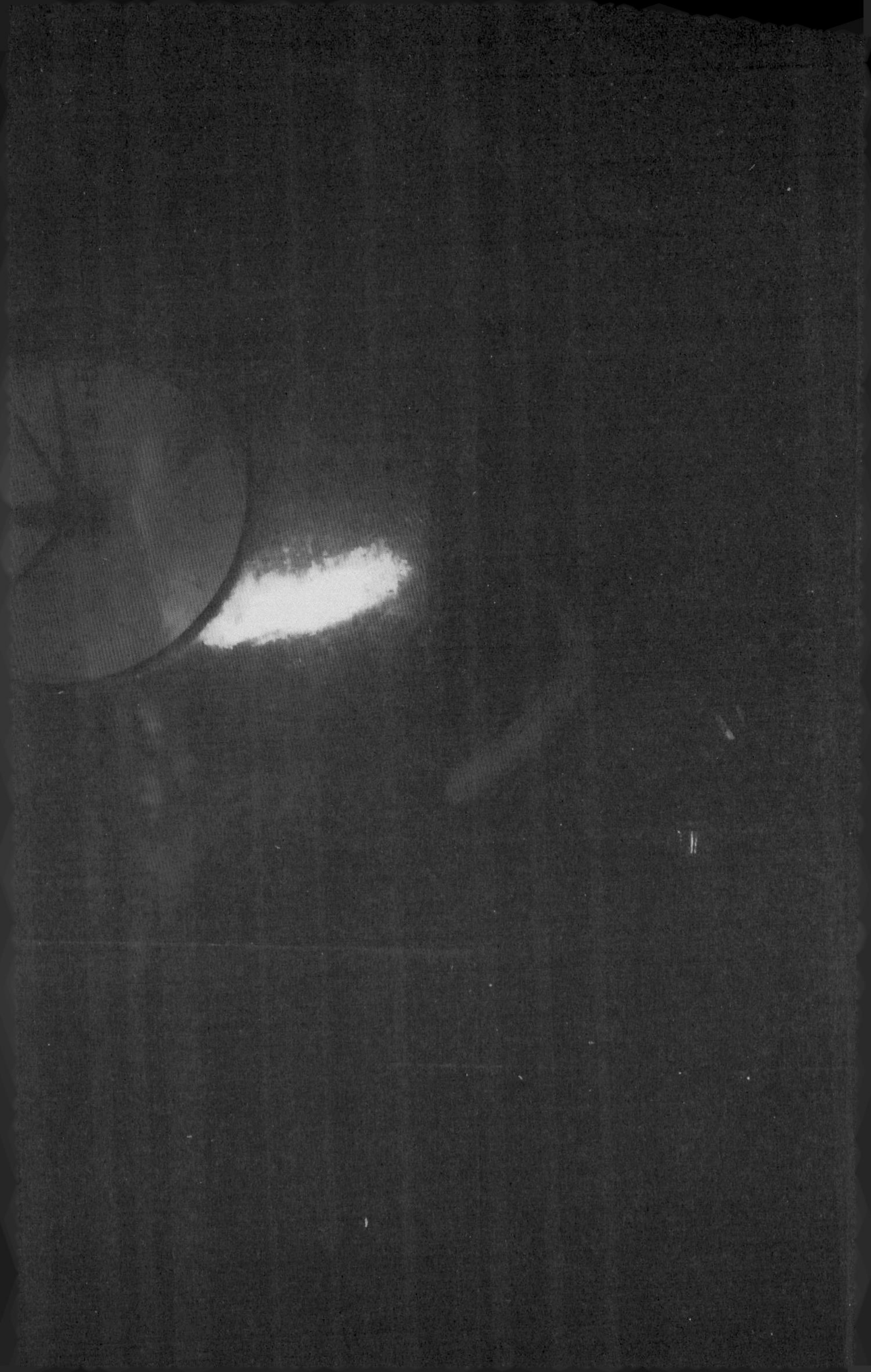

탐욕과 건전한 욕망
–불교의 욕망관

제 몫까지 남에게 빼앗겨 애당초 가진 것이 없는 대다수의 사람들에게 부처님이 무소유를 설법하실 까닭이 없다. 부처님은 욕망의 축소가 아닌 건전한 욕망의 확대를 위해서 애쓰신 것이다.

욕망은 결핍의 산물이다. 결핍에는 생리적인 것도 있고 심리적인 것도 있고 사회적인 것도 있다. 이 가운데 생리적 욕망은 모든 생명체가 다 지니고 있다. 살아 있는 모든 것은 생존을 이어가려면 끊임없는 물질 대사를 해야 한다. 이 점에서는 식물이나 동물이나 인간이나 다 마찬가지이다. 멧돼지가 고구마 밭을 갈아 엎어 버리는 것이나, 새매가 병아리를 채가는 것이나, 호랑이가 개나 염소의 목덜미를 무는 것은 다 이 생리적 욕망을 충족시키려는 것이다.

이 점에서는 사람도 마찬가지이다. 식물처럼 무기물에서 유기물을 합성할 능력이 없는 동물인 인간은 어차피 이미 형성된 유기물을 섭취해서 자기의 생명을 유지할 수밖에 없다. 그런데 이 유기물이라는 것은 살아 있는 것이거나 살아 있었던 것이다. 그런 점에서 살생은 인간 생존의 기본 조건이라고 할 수 있다.

그런데도 불교에서는 살생을 금지하고 있다. 살생을 하지 말라는 불교의 가르침을 극단화한다면 우리는 숨조차 쉴 수 없을 것이다. 왜냐하면 우리가 숨을 들이쉬는 동안에도 몇억의 세균이 우리의 입을 통하여 몸 안으로 들어와서 그 가운데 대부분은 목숨을 잃게 되기 때문이다. 그뿐만이 아니라 우리는 고기나 생선이나 우유 같은 것은 물론이고 푸성귀나 곡식, 감이나 대추, 사과 같은 과일도 먹어서는 안 된다. 그 안에 많은 생명체가 살고 있다는 뜻에서만 하는 이야기가 아니다. 우리가 그것을 먹어 벌레나 새 같은 다른 생명체가 굶어죽게 만듦으로써 간접적으로 살생할지도 모르기 때문이다.

그러면 앉은자리에서 숨을 끊고 죽으면 살생의 죄를 벗어날 수 있을까? 아니다. 그래도 살생의 죄를 벗어날 수 없다. 우리의 몸 안에는 무수히 많은 세균들뿐만 아니라 회충이나 촌충 같은 기생충류가 살고 있어서 우리가 죽으면 동시에 그것들도 죽게 만드는 결과가 빚어지기 때문이다.

자, 이 일을 어쩌면 좋단 말이냐? 부처님 등쌀에 죽지도 살지도 못하게 되었으니 말이다. 예전에 어떤 바보 스님이 있어서 작은 벌레들이 발에 밟혀 죽지 않도록 늘 길을 쓸면서 다녔다고 하는데, 만일에 부처님이 이 꼴을 보셨다면 무어라고 하셨을까? 비질 끝에 병신이 되거나 죽어야 했던 더 작은 생명체들이 훨씬 더 많았으리라고 짐작되기에 하는 말이다.

부처님이 살생을 하지 말라고 이르셨을 때, 사람들이 자기의 생존을 유지하기 위해서 어쩔 수 없이 행하게 되는 최소한의 살생까지도 금하신 것이라고 생각해서는 곤란하다. 살생 금지에 대한 부처님의 말씀은 탐욕과 연관시켜서 이해하지 않으면 안 된다. 부처님이 북극 지방이나 섬에서 태어나셨다면 생선이나 고기를 먹는 것이 죄라고 말하시지는 않았을 것이다. 탐욕을 생리적인 측면에서 규정한다면, 저마다 처해 있는 생존 조건 속에서 삶에 필요한 최소한의 음식물 이상을 섭취하는 것과 추위로부터 몸을 가리는 것 이상 몸치장을 하는 것이 된다. 우리가 역사적으로 요리와 의상이 어떻게 발전해 왔는지를 곰곰이 따져 본다면 부처님이 탐욕이라는 말로 무엇을 가리키셨는지, 그리고 그 원인이 무엇이며, 궁극적으로 탐욕에서 벗어나는 것이 무엇을 뜻하는지 잘 알 수 있다.

요리 문화와 의상 문화는 역사적으로 고급 문화, 곧 지배 계급의 문화에 속했다. 다시 말하자면 한 줌밖에 안 되는 지배 계급의 입맛을 돋구기 위해서 곡식을 심어야 할 땅에 자극성 양념류를 심고, 곡식 생산에 돌려야 할 일손을 사냥과 과일 재배에 돌림으로써 보통 사람은 끼니를 굶어야 했던 것이다.

또 그 지배 계급의 옷치장을 위해서 많은 사람들이 베잠방이도 걸치지 못하고 헐벗어야 했다. 우리 사회에서 오늘날에 이르기까지 스님들이 감물을 들인 옷으로 몸을 감싸고 자극성 있는 양념인 오신채를 피하는 것은 부처님의 행적을 본받음인데, 부처님이 하필이면 그런 초라한 행적을 몸 보인 까닭은 다른 데 있지 않다. 지배 계급의 문화가 탐욕에 바탕을 두고 있고 그 탐욕의 결과로 중생이 헐벗고 굶주리므로, 이 땅에 사해 평등의 불국토를 이루려는 열망을 지닌 모든 불제자들은, 탐욕과, 거기에서 발생하는 것이면서 또 탐욕을 확대 재생산하는 신분 제도로 위장한 계급 지배를 타파해야 한다는 것을 보이시기 위함이었다.

인간의 기본적인 욕망은 생리적 결핍을 충족시켜 생존을 이어가려는 의식적·무의식적 의지에서 생겨나는 것이지만, 탐욕은 소유욕과 그 소유욕을 충족시키려는 과정에서 우러난 지배욕의 산물이다. 인간은 일을 통해서 자연물을 육성, 배양, 변화, 가공시켜서 생존에 필요한 것들을 얻는다. 여기에 탐욕이 끼어들면 한편으로는 인간에 대한 억압과 착취가 발생하고 다른 한편으로는 자연 세계를 황폐화시킨다. 자연의 균형을 깨뜨리지 않는 상태에서 모든 사람이 고르게 욕망을 충족시키는 것을 두고 우리가 탐욕이라 부르는 일은 없다. 탐욕은 제 몫을 키우려고 남의 몫을 가로채거나, 생존 욕구 충족에 필요한 이상으로 자연물을 가공하여 제 몫으로 쌓아두려는 데에서 생기는 그릇된 욕망이다.

이런 점에서 탐욕은 생리적인 결핍의 충족에 대한 욕망을 벗어난다. 그것은 인간 사회에서 노동의 성과를 가로채려는 힘센 자들의 왜곡된 욕망을 가리키는 이름이다. 탐욕에 꺼둘리는 자들은 무엇보다도 먼저 인간을 노예화하려고 한다. 왜냐하면 우리는 일을 통해서 자연물을 가공함으로써만 욕구 충족에 필요한 것을 얻을 수 있는데, 어떤 사람으로 하여금 자기의 욕구를 충족시키기 위해서가 아니라 내 욕구를 충족시키기 위해서 일하도록 부리려면 그 사람을 노예로 만들 수밖에 없기 때문이다. 바로 이 때문에 탐욕이 지배하는 사회는 소수가 다수를 억압하고 착취하는 사회가 될 수밖에 없다. 그런 점에서 형태는 다를지언정 모든 지배 계급 사회는 근본적으로 노예 사회라고 할 수밖에 없다. 다만 채찍을 휘두르느냐, 땅에 붙들어 매 놓느냐, 돈으로 사느냐에 따라 노예화하는 방식만 다를 뿐이다.

부처님이 탐욕을 맨 앞에 들면서 인간성을 죽이는 독으로 비유하고 궁극적으로 불국토는 무소유의 터전 위에 세워져야 한다고 말씀하셨을 때, 이것은 결코 생명체로서의 인간에게 자연스러운 건전한 욕망까지 억제하라는 말씀은 아니었던 것으로 믿는다. 부처님이 우리에게 제시한 것은 탐욕에 기반한 모든 억압과 착취가 없어지는 사회, 있는 사람도 없는 사람도 없어지고 모두가 고루 잘사는 사회, 성곽과 무기와 방탕과 사치로 우리에게 하나밖에 없는 이 자연 세계가 황폐화되지 않는 그런 사회를 이루는 것이 가능하고, 그런 사회를 이루려면 우선 누구든지 남의 몫을 제 몫으로 가로챈 사람이 있으면 그 몫을 되돌려주어야 한다는 것이었다.

제 몫까지 남에게 빼앗겨 애당초 가진 것이 없는 대다수의 사람들에게 부처님이 무소유를 설법하실 까닭이 없다. 따라서 부처님의 무소유 사상은 계급 지배 사회에서 인간을 개나 돼지만큼으로도 여기지 않는 탐욕스러운 지배 계급의 목덜미에 겨누어진 칼끝이라고 해석해야 한다. 부처님이 누더기를 걸치고 깡통을 차고 비렁뱅이 노릇을 한 것은 바로 이 때문이다. 부처님은 호사스러운 왕궁을 버리고, 헐벗고 굶주린 사람들이 우글거리는 저잣거리에 나섬으로써 욕망의 축소가 아닌 건전한 욕망의 확대를 위해서 애쓰신 것이다. 한 줌밖에 안 되는 지배 계급이 탐욕에 눈이 어두워 많은 사람들로부터 가로챈 것을 되돌려주라고 외침으로써 중생들이 헐벗고 굶주리는 근본 원인이 어디에 있는지를 가리켜 보이고, 그 기본적인 욕망의 충족을 위해서 착취와 억압 속에서 신음하는 사람들이 해야 할 일이 무엇인지 분명히 알려주셨기 때문이다.

부처님의 무소유 사상은 궁극적으로 무계급 사상이라고 할 수 있다. 또한 부처님이 이 땅에 이루어지기를 바랐던 불국토는 탐욕에 바탕을 둔 억압과 착취가 없어지는 계급 없는 사회라고 할 수 있겠다.

부처됨의 어려움

석가는 '이 세상에 나 아닌 것이 하나라도 남아 있으면,
나는 부처가 될 수 없다'는 사실을 알고 있었다.
그래서 이 세상에 사는 모든 이를 부처로 만들고자 했던 것이다.

석가모니가 정말 성불하셨을까? "그야 두말할 나위가 있나, 부처를 이루었기에 우리는 부처라는 보통명사를 고유명사로까지 끌어올려 석가모니를 부처라고 곧바로 일컫는 것이 아닌가?" 이렇게 반문할 사람이 백에 아흔아홉은 될 것이다. 아니, 그런 질문을 한 사람의 정신 상태를 의심하는 사람이 대부분일 것이다.

꽤 오래 전부터 나는 석가모니의 행적이 수수께끼처럼 여겨졌다. '몰록 깨우쳐서 성불을 했으면 혼자서 열반의 경지에서 노닐 것이지, 왜 누더기를 걸치고 동냥 그릇을 들고 저잣거리로 내려와, 내려오기는.' 대자대비하신 마음으로 그러셨을 거라고? 그러면 그 대자대비하신 마음은 어떻게 생겼을까? 무엇이 석가모니

를 대자대비하지 않을 수 없도록 몰아갔을까? 우리는 비슷한 질문을 소크라테스의 행적을 놓고서도, 예수의 삶을 놓고서도 할 수 있다.

우리는 석가모니가 대궐에서 나와 설산에서 고행을 하고, 여섯 해 동안 보리수 밑에서 꼼짝 않고 앉아 있던 끝에 깨우침을 얻었다는 이야기를 한 개인의 수행과 득도의 과정으로만 이해하기 쉽다. 여기에서 개인이란 무엇을 가리키는 이름일까. 그것은 낱낱의 사람, 곧 원자로서 고립되고 다른 아무와도 연관이 없는 독립된 인간을 가리킨다. 말하자면 사회적 원자라고 할 수 있다. 실제로 '개인'을 나타내는 서양 말 '인디비두알individual'은 '더 이상 쪼갤 수 없는 것(in+dividuum)'이라는 라틴어에서 나왔다. 이 세상 어떤 것도 더 이상 쪼갤 수 없는 것의 모습을 바꿀 수는 없다. 따라서 원자는 다른 원자와 뭉쳐 하나가 될 수도 없고, 쪼개져서 둘이 될 수도 없다. 한 원자와 다른 원자 사이에는 충돌과 반동이라는 작용과 반작용이 있을 뿐이다. 그러나 과연 석가모니가 이런 사회적 원자였을까?

석가가 임금인 아버지와 왕비인 어머니라는 사회적 관계에서 태어났다는 사실은 잠깐 잊기로 하자. 석가의 몸을 이루고 있는 피와 살이 석가가 먹고 마신 음식에서 전화된 것이라는 사실도 제쳐두자. 석가의 탄생과 그 뒤의 생활이 결코 자연과 사회로부터 고립된 독자적인 것이 아니라는 점에 대해서는 우선 눈을 감자는 이야기다. 석가의 지혜는 어떨까. 가없다고 일컬어지는 그 슬기로움은 어느 날 하늘에서 석가에게 떨어진 것일까? 그렇지 않다. 그 슬기로움은 수행의 결과로 얻어진 것이다. 수행은 몸으로, 마음으로 배우는 과정을 가리키는 말이다. 석가는 바라문들로부터 많은 것을 배웠다. 사서 한 몸고생을 통해서도 많은 것을 얻었다. 석가의 슬기로움은 이렇게 오랜 배움을 통해서 축적된 앎이 석가의 몸과 마음을 통하여 질적인 변화를 일으켜 생긴 것이지, 태어나면서부터 지니고 있던 것은 아니다.

이렇게, 어쩌면 석가를 깎아내리는 것으로 오해받을지도 모르는 말을 내가 여기에서 하는 까닭이 있다. 그것을 깨우치신 뒤로 중생들을 건지려고 입에 단내가 나도록 많은 말을 할 수밖에 없었던 석가 행적의 필연성을 밝히기 위해서이다. 석가는 당신이 깨우친 경지를 중생들에게 일러주지 않고는 한순간도 견디지 못했다. 일러주어 중생들도 자기처럼 깨우침에 이르게 하지 않고는 삶의 보람을 찾을 수 없었다. 이상한 일이 아닌가. 내 시험 답안을 옆에 앉은 동무가 보고 그대로 베껴 써서, 나와 비슷한 성적이 나오거나 더 좋은 성적이 나오면 어쩌나 싶어 온몸으로 시험지를 가리고 답안을 작성하는 시대에 태어나고 자란 우리에게는 납득이 가는 생각도 아니고 행적도 아니다. 그렇다고 해서 '그러니까 부처님이지. 부처님은 본디 대자대비심을 천성으로 타고난 분이라고 생각하면 되지, 골치 아프게 따지긴 왜 따져' 하며 얼버무릴 수 있는 것도 아니다.

석가에게는 중생 구제에 대한 타는 목마름이 있었음을 인정해야 한다. 보리수 아래서 커다란 깨우침을 얻었지만, 그 깨우침은 시작일 뿐이었다. 당신의 몸과 마음을 어지럽히는 자질구레한 욕구는 쉽사리 잠재울 수 있게 되었지만, 그 대신에 그런 하잘것없는 욕구와는 견줄 수 없는 엄청난 새 욕구가 생겼다. 욕구는 결핍의 산물이다. 무엇인가를 바란다는 것은 그 무엇인가에 대해 아쉬움을 느낀다는 것이다. 누구를 그리워한다는 것도 마찬가지이다. 내 곁에, 나와 함께 있는 사람을 내가 그리워하는 일은 없다. 곁에 없으니까, 손에 닿지 않은 곳에 있으니까 아쉬워지고, 이 아쉬움이 그리움이라는 감정을 낳는다.

석가는 깨우친 순간 중생에 대한 미칠 듯한 그리움에 사로잡혔다. 따라서 보리수 아래에서 깨우친 것은 참으로 깨우친 것은 아니었다. 그것이 깨우침이었다면, 이제까지는 혼자서도 살 수 있을 줄로만 생각했는데 이제부터는 죽어도 혼자서는 살 수 없다는 사실에 대한 깨우침이었다. 사랑이란 궁극적으로 '너 없이는 못 살아'라는 느낌이다. 출가하기 전의 석가는 중생을 사랑하지 않았다. 그래서 중생으로부터 떠나 산 속으로 들어갈 생각을 한 것이다. '너 없이는 못 살지만, 널 위해서 널 떠난다'고? 그런 것은 유행가 가사에나 나오는 신파요, 사기이다. 정말 사랑에 빠진 사람은 자기가 사랑하는 사람을 떠날 수가 없다. 사랑하는 사람이 자기가 사랑하는 사람을 떠나는 경우가 하나 있기는 하다. 그것은 자기 자신을 더 사랑하는 경우이다. 보리수 아래서 틀었던 똬리(가부좌)를 풀기 전까지 석가의 의식을 온통 다 지배한 것은 바로 지극한 자기 사랑이었다.

'천상천하유아독존天上天下唯我獨存', 내가 '존尊'을 '존存'이라 새기는 이 말에는 두 가지 뜻이 있다. 이때까지 석가가 알고 있었던 것은 '이 세상에 오직 나만 있다'는 원자론적인 개인관이었다. 그런데 석가는 이 말이 지닌 두번째 뜻을 모진 고행 끝에 비로소 깨우친 것이다.

"천상천하유아독존, 그래, 세상에 나 아닌 것이 없구나. 이제까지는 이 살갗 속에 갇혀 있는 내 몸뚱이가, 무명無明에 꺼둘리는 두서없는 정신이 나인 줄로만 알았는데, 이제 보니 나는 세상에서 가장 좁은 감옥 곧 내 살갗이라는 감옥에 갇혀 있어 나 넓은 줄을 몰랐구나. 나 깊은 줄을 몰랐구나. 나 높은 것도 몰랐구나."

석가가 작은 자기 사랑에서 큰 자기 사랑으로 옮아간 뒤로 어떤 일이 일어났는지 우리는 비교적 잘 알고 있다. 이 세상에 나 아닌 것이 없는데, 그 나 가운데 아직도 나만 알고 있는 작은 나가 있다면 큰 나는 어떻게 해야 할까? 큰 나가 할 수 있는 일, 해야 할 일은 하나밖에 없다. 그 작은 나로 하여금 '내가 너고 네가 나다'라는 사실을 깨우쳐, 나됨이 뿔뿔이 낱낱으로 흩어져 서로가 서로에게 등 돌리는 일이 없게 하는 것이다.

"모든 게 마음먹기에 달렸어(일체유심조一切唯心造)", 이 말을 석가 당신이 직접 하셨는지, 뒷사람들 가운데 누가 뇌까려 놓고는 석가 입에서 나온 것이라고 둘러댔는지는 모르지만, 이 말이 관념적으로 해석되어서는 안 된다. 그런 뜻이라면 틀린 말이다. 이 세상에 마음먹은 대로 되는 일이란 거의 없기 때문이다. 이 말로 석가가 노린 것은 뭇산이(중생)들의 의식의 변화이다. 그것도 자질구레한 변화가 아니라 혁명적 변혁이다. 지독한 계급 사회였던 그 무렵의 인도에서 최하층인 천민과 노비 계급인 수드라에게 '어디 부처가 따로 있는 줄 알아? 당신이 바로 부처여' 하고 부추기는 것은 그들을 브라만 계급에 맞서 일어서게 하는 혁명의 메시지이다. 그때에 브라만 계급은 자기들만 부처가 될 수 있다고 믿었기 때문이다. 그리고 브라만에게 '어디 부처가 따로 있는 줄 알아? 깨우치면 다 부처여' 하고 윽박지르는 것은 그들로 하여금 수드라와 어깨를 나란히 하게 하는 자기 변혁의 메시지이다. 브라만을 수드라와 같은 키로 나란히 세우려면, 브라만으로 하여금 지닌 것을 모두 이웃에게 돌리고 누더기 차림에 쪽박을 들도록 하는 수밖에 없기 때문이다.

아무튼 석가는 '이 세상에 나 아닌 것이 없구나' 하고 깨우침으로써, 부처를 이루는 것이 '지금' '여기에서' 가능한 것이 아니라 '긴 역사적 과정을 거친 끝에' 가능하다는 것을 알았다. 그렇다고 해서 석가가 부처되기를 포기했다고 생각해서는 안 된다. 포기하다니? 석가는 살아생전에 자기가 부처를 이룰 수 있으리라고 믿었다. 그래서 그 많은 설법에 아낌없이 시간을 쏟은 것이다. 맙소사! 팔만사천 가지라니. 우리는 여기에서 석가의 욕심을 가늠할 수 있다. 석가는 '이 세상에 나 아닌 것이 하나라도 남아 있으면, 나는 부처가 될 수 없다'는 사실을 알고 있었다. 그래서 이 세상에 사는 모든 이를 부처로 만들고자 했던 것이다. 유명한 지장보살 설화에서 우리는 석가의 이러한 소망을 엿볼 수 있다.

그러나 석가는 살아생전 이 소망을 이루지 못했다. 부처를 이루지 못한 것이다. 묘미는 바로 여기에 있다. 우리는 석가가 부처를 이루지 못했음에도 불구하고 부처님이라고 부른다. 따라서 이 부처님은 미래불, 곧 앞으로 도래할 미륵 세상을 가리킨다. 우리 모두가 자유롭고, 평등하고, 평화롭고, 우애로운 세상에서 내 것 네 것 없이, 너나없이 나누고 하나 되어 살 때 갖게 되는 몸가짐과 마음가짐을 뜻한다.

석가의 말씀은 오늘도 일천 강물에 달빛 비치듯이, 한밤중에 등잔불 건네듯이, 그렇게 공간으로 시간으로 몸과 마음을 통해서 흐르고 있다.

문제는 오늘날 많은 불자가 하늘의 달을 보는 대신에 강물에 떠 있는 달그림자를 떠올리려는 헛된 노력으로 한평생을 보내고, 불빛이 어둠을 비추는 동안, 길을 걸을 생각은 하지 않고 등불을 꺼뜨리지 않는 일에만 몰두한 나머지, 한 발자국도 부처의 땅으로 내딛지 못하고 있다는 데에 있는 것 같다. 우리는 이웃과 더불어 하루바삐 부처 세상을 만들어서 우리 가운데 마지막 사람까지 부처가 되고 나서야 비로소 부처를 이룰 석가의, 몇천 년 지속되어온 소망을 충족시켜야 한다.

석가는 우리 때문에 아직 부처를 이루지 못하고 있는 것이 분명하다. 우리들 가운데 석가의 '나 너 없으면 못 살아'라는 사랑의 고백을 진실로 받아들일 만큼 빈 가슴을 지닌 사람들은 아직도 굶주리며 일하다 병들어 죽어가고 있는 가난한 이웃이지, 아직 있지도 않은 부처를 섬긴다는 허울 아래 예토를 방치하고 있는 당신도 나도 아니다.

빗속에서
떠오른 생각

아예 누구도 사랑하지 않는 올곧은 삶보다는,
죄에 가득 찬 사랑이라 하더라도 사랑하면서 엇나가는 삶을 사는 것이
훨씬 더 사람답게 사는 삶이다.

며칠 전 폭풍우가 몰아치던 날이었다. 연수회를 마치고 하루 더 머물러 가까운 교육 동지끼리 회포를 풀다가 그만 폭풍우 속에 갇혀 버리고 말았다. 열차 시간이 정해져 있어서 어떻게 해서든지 이 폭풍우를 뚫고 기차역까지 가야 했다. 마침 선생님 한 분이 소형 승용차를 가지고 와서 우리는 그 차를 이용하기로 했다.

차 시간이 얼마 남지 않아서 우리는 서둘러 심한 비바람을 무릅쓰고 길을 나섰다. 우리 차가 똑바로 달리고 있는데 갑자기 어떤 차가 가던 방향을 꺾어서 우리가 탄 차 쪽으로 다가왔다. 나는 차가 없어서 교통 규칙을 잘 모르지만 직진하는 차에 우선권이 있다는 말을 들은 기억이 있어 차를 모는 선생님에게, '저 차

지금 교통 법규를 위반하고 있는 것이 아니냐'고 물었더니 고개를 끄덕였다. 경적을 몇 번 울렸지만 소용이 없었다. 할 수 없이 우리 쪽에서 양보할 생각으로 속도를 늦추었는데, 조심은 했지만 빗길이 워낙 미끄러워서 그만 뒤를 바짝 따라오던 택시에 부딪히고 말았다. 다행히 가벼운 접촉 사고여서 큰 문제가 생기지 않았지만, 나는 속으로 운전석에 앉은 선생님을 탓했다. 억지를 쓰는 사람에게 고분고분 양보를 하니까 이런 일을 당한다고. 겨우겨우 차 시간에 맞추었기에 망정이지, 만일에 그 일로 우리가 차를 놓쳤더라면 내 마음속의 원망은 더 컸을 것이다.

워낙 비바람이 심한 데다가 우리 가운데 우산을 가진 사람이 나와 또 한 분 이렇게 두 사람뿐이었기 때문에, 동행하고 있던 여섯 살배기와 초등학교 사학년짜리 아이들을 비를 맞지 않게 차에 태우려면, 기차가 플랫폼에 들어오기를 기다렸다가 아이들을 안고 뛰는 수밖에 없겠다는 생각이 들었다.

기차가 들어왔다. 나는 여섯 살배기 아이를 안아 열차 맨 뒤칸의 승강대 위에 올려놓았다. 그리고 또 초등학교 사학년짜리를 뒤이어 올려놓았다. 그런데 이게 웬일인가? 문이 안으로 잠겨 있어서 열어보려고 한참 낑낑대다가 안을 들여다보니 화물칸이 아닌가? 나는 당황해서 제정신이 아니었다. 나는 여섯 살배기 아이를 냉큼 옆구리에 끼고 승강대를 총알같이 뛰어내려 앞칸으로 달렸다. 앞칸으로 거의 다 와서야 내 옆구리에 안긴 아이가 자꾸 내려 달라고 하는 말이 귀에 들어왔다. 그래서 내려다보았더니 여섯 살배기가 아니고 초등학교에 다니는 아이였다. 다행히 차가 오래 멎어 있었으니 망정이지 정말 큰일날 뻔했다.

이런 일을 실제로 겪고 나니까 전쟁통에 그 많은 이산가족이 생기는 것이 무리가 아니라고 여겨졌다. 너무나 흔히 일어나는 일이어서 무심히 지나칠 수 있는 일이 유난하게 내 마음에 아로새겨져 그렇게 느껴지는 것일까? 기차에서 전철로 갈아탈 때 느꼈던 내 마음의 움직임도 잊히지가 않는다. 이번에는 아이를 제대로 돌보아야지, 이렇게 마음먹고 폭풍우로부터 아이를 보호하는 일에 골몰했다. 우산을 아이의 키에 맞추지 않으면 아이의 몸은 순식간에 비바람에 흠뻑 젖어 물에 빠진 생쥐 꼴이 될 게 틀림없었다. 나는 내 몸을 바짝 낮추었다. 그리고 아이의 짧고 앙증맞은 걸음에 맞추어 오리걸음으로 따라갔다. 내 몸의 반쪽은 폭풍우 속에 내맡겨져 빗물이 살 위로 흘러내리는 소리가 들리는 듯했다. 아장아장, 뒤뚱뒤뚱, 내 발자국과 아이의 발자국이 눈 위에 찍히듯이 흔적을 남겼으면 참 볼만했을 것이다.

이렇게 아이의 발걸음에 맞추어 몸을 낮추고 걷고 있으려니 이런 생각이 떠올랐다. '만일에 내가 이 아이를 사랑해서가 아니라 의무감에서 우산을 씌워 줄 수밖에 없었다면 어떤 일이 벌어졌을까? 모르긴 몰라도 오리걸음까지 하지는 않았을 거야. 더구나 내 몸의 절반을 비바람 속에 맡긴다는 것은 엄두도 내지 못할 일이었겠지. 편히 서서 우산을 내 몸에 맞추어 들고 아이가 비바람에 젖는 것은 전혀 눈치도 못 챘을지도 모르지. 그리고 아이가 끌리듯이 뒤따라오는 것을 손목을 통해서 느끼고 무척 짜증스러워했을 거야. 그 아이의 표정은 어떠했을지 생각했을지도 모르지.'

이런 생각을 하다 보니 갑자기 온몸에 오한이 일었다. 몸이 물에 젖어서 생기는 오한같이 느껴지지는 않았다. 이제까지 살아오면서 내가 작은 내 이웃들에게 보였던 모습이 바로 그런 것은 아니었을까? 온몸을 꼿꼿이 곧추세우고, 우산은 늘 내 몸 크기에 맞추어 들고, 작은 이웃의 야윈 손이 내 손목에 잡혀 있다는 느낌으로 한껏 자기만족을 하며 억지로 손을 잡아 끌고, 발걸음을 재촉하면서 못 따라온다고 야단을 치고…. 이런 식으로 살아온 것은 아닐까?

벼가 익어갈수록 점점 더 자기를 키워 준 뿌리를 향하여 깊숙이 고개를 수그리듯이, 민중들이 피땀 흘려 마련해 준 잠자리와 옷가지와 음식으로 등 따시고 배부르게 사는 내가, 한껏 몸을 낮추어 민중들에게 우산을 받쳐 주어야 할 때가 한두 번이 아니었을 텐데, 그때마다 그러면 내 몸이 젖게 된다는 이기적인 생각 때문에 한 번도 밑을 내려다볼 생각을 하지 않은 빳빳한 벼 모가지로 살아온 것은 아닐까? 벼 모가지를 빳빳하게 세워 속에 알맹이가 차지 못하도록 가로막는 것은 무엇일까? 나는 그래도 보통 사람보다는 훨씬 더 양심적으로 살아 왔고, 민중의 애환에 동참하고자 노력해 왔다. 그리고 의식적으로는 한번도 민중의 대의를 배반한 일이 없었다. 나 자신만 이렇게 생각할 뿐 아니라 내 주변에 있는 많은 사람이 그렇게 증언할 것이다. 그러나 아무리 큰소리로 이렇게 변명을 늘어놓아도 마음이 개운해지기는커녕 점점 더 침울해졌다.

그렇다. 사랑이 없었던 것이다. 이른바 그 모든 '올바른' 일들을 마땅히 해야 하는 것으로만 여겨 했을 뿐이지, 누군가를 사랑했기 때문에 한 것은 아니었다. 사랑이 없이 하는 일은 겉으로 드러나는 성과가 아무리 위대해 보이더라도 결국 쭉정이에 지나지 않을 뿐이다.

이제까지 살아왔던 그 많은 세월이 빈 쭉정이로 폭풍우 속에 날아가는 모습이 보였다. 누군가가 폭풍우 속에서 나에게 이렇게 속삭이고 있는 듯했다. "사랑해라, 사랑해라. 끊임없이 사랑해라. 그것이 빗나간 사랑이라 해도 좋고, 해서는 안 될 사랑이라고 해도 좋다. 아예 누구도 사랑하지 않는 올곧은 삶보다는, 죄에 가득 찬 사랑이라 하더라도 사랑하면서 엇나가는 삶을 사는 것이 훨씬 더 사람답게 사는 삶이다."

아마도 비바람 속에 들려온 듯싶은 그 속삭임은 위험한 유혹의 목소리일지도 모른다. 사실 올바르지 못한 사랑이 빚어내는 비극이 얼마나 끔찍한지에 대해서 모르는 사람은 철부지 아이들밖에 없을 것이다. 고대에서 현대에 이르기까지 동양에서나 서양에서나 위대한 문학 작품의 마르지 않는 창조의 원천은 바로 이 비극적인 사랑이었다. 아버지를 죽이고 어머니와 결혼해서, 아들이자 형제, 딸이자 누이들을 낳은 오이디푸스의 비극은 대표적인 것이라 볼 수 있겠다. 그러나 그렇다고는 해도 사랑도 그에 따르는 비극도 없는 세상보다는, 온통 비극의 수렁을 이루더라도 사랑이 있는 세상을 더 사람이 사람답게 사는 세상으로 보는 까닭은 다른 데 있지 않은 것 같다. 사랑은 그 안에 창조의 원리이자 생명의 원천을 숨겨 담고 있다. 하다못해 길에 밟히는 이름 없는 잡초도 사랑의 힘으로 뿌리를 내리고, 사랑의 힘으로 새순을 내밀어 사랑으로 대지를 덮고 있는 흙과 만나고, 사랑으로 산과 들을 가로지르는 바람과 만나고, 사랑으로 허공을 달려 온 햇살과 만나지 못한다면 단 하루도 살아남지 못할 것이다.

내가 꿈꾸는 공동체

실험 학교라? 이 말 틀려먹었어. 가만히 생각해 보니 내가 꿈꾸는 게
실험 학교가 아니라, 지난 이백 년 사이에 온 세상에 암처럼 퍼진
제도 교육 기관이 죄다 실험 학교야. 이 실험 이제 빨리 걷어치워야 해.

참 미안한 이야기 하나.

송광사 스님 한 분이 만행 기간을 틈타 나 사는 곳을 찾아오셨는데, 연락도 없이 불쑥 나타나셨겠다. 풀짐을 한 지게 해서 지고 땀 흘리며 산을 넘어왔더니 눈 맑은 납자 한 분이 마당가에 서성이고 있었어. 먼저 내 누추한 방에 들어가 기다리시라 해 놓고 손발 씻으며 무슨 말을 할꼬, 싶었지.

방 안에 들어섰더니 결가부좌하고 삼매에 든 스님 모습이 참 보기 좋아. 그래서 옛 스님들 흉내내서 대갈 일성을 했지.

“지금 시골에서는 강아지 손이라도 빌려야 할 만큼 바쁜데 헐렁한 소매 자락 펄럭이며 한가하게 놀러나 다녀? 네 이놈, 송광

사도 예전에 큰 지주여서 본사 말사 보태면 부치는 땅이 몇천 몇만 평은 될 터인데, 면벽참선한답시고 그 논밭 모두 소작인들에게 맡겨 공짜로 도조 받아먹고 살면서 이 바쁜 철에 할랑거리고 나타났으니 너 같은 놈은 대매에 패 죽이는 게 마땅하다. 언감생심 내 곡식 축내고 내 잠자리 어지럽히려고 뻔뻔스럽게 여길 온단 말이냐. 당장 썩 꺼지지 못하겠느냐?"

법력이 없으니 말에 무게가 실리지 못해 당장 달아나게는 못했지만 이튿날 새벽에 몸 일으켜 보니 사라지고 없어. 거참, 먼길 오셨는데.

공동체? 그런 거 없어. 실험 학교? 그것도 거짓말이야. 나 속이고 세상 속이는 짓 밥먹듯 해 온 습이 남아 해 본 사탕발림이지. 공동체는 나 어렸을 적에 자라던 마을 모습이고 실험 학교는 그 안에서 놀던 내 모습일 따름이야. 처음에는 실험 학교가 중심에 있는 새로운 공동체가 어쩌고 하면서 입에 거품을 물었지. 그런데 실험 학교라? 이 말 틀려먹었어. 가만히 생각해 보니 내가 꿈꾸는 게 실험 학교가 아니라, 지난 이백 년 사이에 온 세상에 암처럼 퍼진 제도 교육 기관이 죄다 실험 학교야. 실험실에서 이루어진 그동안의 교육이 잘못되어 지금 사람들은 자기도 죽고 다른 생명체들도 파묻을 커다란 무덤을 파고 있는 셈이지. 이 실험 이제 빨리 걷어치워야 해. 그리고 공동체가 뭐야. 살림터는 어떤 살림터든 모두 공동체라고 봐야 해. 흙, 물, 불, 바람의 사대四大가 모여 이룬 우리 육신도 따지고 보면 공동체야. 지금 세계 인구의 열 배도 넘는 세포들이 모여 내 몸뚱아리라는 공동체를 이루고 있어. 그 대단한 공동체도 제대로 못 살리는 터에 소꿉장난하듯이 조그마한 생산 공동체를 꾸리고 있는 게 뭐가 대단해?

그래도 하고 싶은 이야기는 있어. 보아하니 온 세상이 불타고 있어. 우리 공동체 식구 가운데 누군가 그래. 딴말 집어치우고 '앗 뜨거, 앗 뜨거' 하면서 펄쩍펄쩍 뛰는 모습을 보이는 게 진실에 가깝지 않겠느냐고. 왜 아니야. 그래서 '내가 졌다' 하고 꼬리를 사렸지. 지난 이백 년 동안 교육을 그 꼴로 만들고, 마을 공동체의 기둥뿌리를 뽑아 사람을 내몬 뒤에 도시라는 콩나물시루에서 웃자라게 한 놈의 정체가 뭘꼬. 흔히들 자본주의입네, 상품 경제 사회입네 하지만 옷차림이 그렇다 뿐이지 그게 알몸은 아닌 것 같아. 사회주의 사회라 해서 뭐 다를 게 있어? 그래 곰곰 생각해보니 이놈이 바로 '만드는 문화'라는 놈이야. 옛날이라고 해서 '만드는 문화'가 없었나 하면 그건 아냐. 있긴 있었지. 그리고 살림에 큰 몫도 했지. 그러나 옛날에는 오늘날처럼 '만드는 문화'가 사람 살림을 쥐고 흔들지는 못했어. '기르는 문화'의 울 밑에 핀

봉숭아 같은 것이었다고나 할까. 그런데 지난 이백 년 사이에 이 관계가 뒤집혀 버렸어. 그게 뭐가 문제냐고?

왜 문제가 아냐? '만드는 문화'에서는 새 것이 가장 좋은 것으로 통해. 오래된 것은 낡은 것, 효율성이 떨어지는 것, 유행에 뒤진 것, 빨리 폐기 처분해야 손해를 덜 보는 것으로 보이지. 그래서 오늘 새 것이 나오면 어제 만든 것이라도 쓰레기가 되어 버리는 게 '만드는 문화'의 특성이야. 자본주의 상품 경제의 유지를 위해서 어쩔 수 없다고, 생산력의 무한한 증대를 통한 무한한 욕구의 무한 충족이라고도 미화되지만, 결국에는 물질뿐만 아니라 생명의 세계, 마침내는 인간까지 쓰레기로 바꿔 버리는 게 '만드는 문화'야.

'기르는 문화'는 달라. 기르는 문화의 숨은 주체는 자본이나 생산력이 아니라 자연이야. 자연에는 쓰레기가 없어. 버릴 게 없다는 말이지. 잡초? 해충? 그런 거 없어. 사람의 비뚤어진 관념이 그렇게 보도록 하는 거지. 실제로 내가 농사지으면서 보니까 밭에 자라는 풀 가운데 먹을 수 있는 풀과 약초 아닌 것이 없더라고. 생명 공동체의 유기적 조화가 깨지니까 어떤 곤충이 해충으로 보이는 것뿐이야.

자, 사정이 이러니, 그렇다면 "'만드는 문화'에 중심을 둔 현대 문명이 인간뿐만 아니라 생명 공동체 전체를 '동타同墮 지옥'으로 끌어들이려고 하고 있으니 여기서 벗어나자. 다시 '기르는 문화'의 숨은 주체인 자연을 스승으로 벗으로 모시고, 햇빛이, 물이, 바람이, 흙이, 그리고 그 안에 사는 모든 생명체들이 그렇듯이 우리도 사람들뿐만 아니라 모든 살아 있는 것들과 나누고 서로 섬기는 '나눔'과 '섬김'의 공동체를 이루어보자. 그러려면 '만드는 문화'의 중심인 도시에서 벗어나 '기르는 문화'의 중심인 기초 생산 공동체로 돌아가야 한다. 그런데 기초 생산 공동체도 지금 죄다 허물어져 내려 과거를 상징하는 노인들만 있을 뿐, 현재와 미래를 보장하는 젊은이와 아이들이 없다. 죽어가는 마을 공동체에 새 피를 수혈하여 되살려내는 길밖에 달리 인류도 다른 생명체들도 살아날 길이 없지 않느냐." 대체로 이런 뜻에서 자연의 품 안으로 들어와 사는데, 막상 들어와 보니 내가 참 우스워. 마치 강보에 싸인 어린애처럼 무력하기 짝이 없는 거야.

길가에 돋아 있는 풀 이름 하나 제대로 아는 게 없어. 숲을 이루는 그 많은 나무들의 이름이며 쓰임새는 더 말할 것도 없고. 바닷가에 나가도 마찬가지야. 담치와 홍합의 차이도 처음에는 몰랐어. 올콩은 감꽃 필 때 뿌리고, 메주콩은 감꽃 떨어질 때 심는 게 이 마을 어른들이 오래 두고 경험으로 쌓은 지혜의 산물인데, 지난해에는 책에서 읽은 대로 심었다가 너무 일찍 심게 된 바람에 키만 웃자라고 열매는 맺지 않아 큰 낭패를 보았어. 이러니

'실험 학교'인지 '공동체 학교'인지 하려고 해도 자격이 있어야 하지. 과거에 '만드는 문화'에서는 꽤 유능한 선생이었을지 모르지만 '기르는 문화'에서는 선생으로서 낙제감이야. 이런 딱할 데가 있나. 요즘 내 형편이 이래. 이제 이야기 끝내지.

자비에 대하여

그 부처의 마음 하늘, 하늘 마음이 찢기고 갈라져서
별무리를 이루고, 떠도는 바람 되고, 흐르는 물이 되고,
눈비가 되어 내리는 걸까?

내가 워낙 불교 소양이 시원찮다 보니 부처님 말씀 뜻을 알아듣지 못하거나 제멋대로 곡해하는 경우가 많다. 그 좋은 보기 하나가 '천상천하유아독존天上天下唯我獨尊'이라는 말인데, 나는 마지막 글자를 한자로 '높을 존尊'이 아니라 '있을 존存'자로 바꾸는 게 더 좋다고 고집을 부려 '온 누리에 온통 나뿐이로구나, 그러니 온 누리에 나 아닌 것이 없구나'로 풀어야 한다고 우긴 적이 있다. 그리고 이 생각은 아직도 바뀌지 않고 있다.

내가 하는 말 풀이, 뜻풀이가 알량하기 이와 같으니, 이제부터 하려는 말도 언제 어떻게 어느 길로 잘못 접어들지 몰라 적이 걱정스럽다. 그러니 한 귀로 듣고 한 귀로 흘려버려도 좋겠다.

'자비'에 대해서 생각해 보았다. 산스크리스트어도 팔리어도 모르는 데다가 책상머리에 제대로 된 불교 사전 하나 없는지라 그냥 내가 아는 한자만으로 풀어 보려 한다. 틀리면 어쩌나 하는 조바심도 없는 것으로 보아, '아니면 그만이지' 하는 무책임한 정치꾼 처사와 내 심보가 태평하기로는 오십 보, 백 보일 듯하다.

'자비慈悲'라는 글자를 깨뜨려 늘어놓아 보면(유식한 말로 파자破字한다고 한다) 이 말은 '현현심玄玄心 비심非心'이 된다. 현玄이라는 글자는 '검을 현', '감을 현'으로 읽는다고 배웠다. 「천자문」 첫머리에 나오는 글자이다. 하늘 천天, 따 지地, 감을(검을) 현玄, 누르 황黃, '하늘은 검고 땅은 누르다'는 말인데, 언어학자들 말에 따르면 형용사(그림씨) 가운데는 같은 뜻을 지닌 명사(이름씨)가 바뀌어 이루어진 것이 꽤 많다고 한다.

따라서 이 말은 '하늘은 검(감, 개마, 고마, 구마, 곰, 굼)이요(하늘=검)', '땅은 눌(누리, 누르)이니라(땅=누리)'라는 말에서 나왔다 해도 틀린 말은 아니리라. 곁들여서 말하면 우리말에서 빛깔을 나타내는 형용사들 가운데 검다, 누르다, 희다, 푸르다, 붉다 같은 말도 모두 검(하늘), 누리(땅), 히(해=태양), 풀(초목), 붉(불)에서 나왔다고 볼 수 있다.

'검(현玄)'이 '하늘(천天)'임을 증명한답시고 구시렁거리다 보니 말이 길어졌다. '자慈'를 '하늘 마음'을 드러내는 글자로 보고 싶은데, 그냥 '현심玄心'이라고 써도 될 것을 왜 '현현심玄玄心'이라고 써야 했는지 궁금해졌다. 하늘이 두 개라? 하늘이 두 쪽이 났다? 아닌 듯싶다. 저 하늘과 이 하늘? 이 하늘과 저 하늘? 검디검은 마음? 도둑놈 심보? 이리저리 머리를 굴려 보다 내 깜냥으로는 '바깥 하늘'과 '안 하늘'이 다르지 않은 마음이라면, 바깥 하늘은 안 하늘이 짝이 되어 더 넓어지고, 안 하늘은 바깥 하늘을 맞이해서 더 깊어지겠구나 하는 데까지 생각이 미쳤다. 그렇게 보면 '자慈'는 '하늘 마음'이자 '마음 하늘'이요, '넓고도 깊은 시방세계(우주)가 티끌 한 톨 속에 갖추어져 있다(일미진중함시방一微塵中含十方)'는 말과도 동뜨지 않다는 생각도 든다. 이게 바로 부처님 마음자리이자 기독교식으로 표현하자면 '하나님'이리라.

'자慈'는 그렇다 치고 '비悲'는 '이 뭣고?' 이 글자는 '슬플 비'로 배웠는데, 왜 '아닌 마음(非心)'이 '슬픔'이 될꼬? '아니야, 이거 아니야. 아니야, 그것도 아니야. 아니지, 저것도 아니지' 이렇게 자꾸 마음으로 도리질하다 보면 마음이 찢어지니 아프고, 마음 아프니 그게 슬픔으로 드러날까? 그러고 보니 불교 역사에서 '아니, 아니, 아니…'라고 진저리쳐지도록 고개를 도리질하던 분이 문득 떠오른다. 「중론中論」을 쓰신 '나가르주나Nāgārjuna(용수龍樹)'가 바로 그 분이다. 그 분 글을 수박 겉핥기로 훑어본 적이 있는데, 내 머릿속에 남아 있는 것은 끝없는 '비非'자 행렬뿐이다. 비비비비非非非非….

부처님이 중생이 사는 모습을 살피실 때 눈으로 보고, 귀로 듣고, 코로 냄새 맡고, 혀로 맛보고, 살갗으로 문질러도 이건 아니다 싶어, 혹시 내가 잘못 보아서 잘못 들어서 그러나 하고 '눈으로 듣고(관세음觀世音)', '귀로 보고(청세상聽世相)…, 이렇게 감각 기관을 거꾸로 뒤집어 살피셔도 역시 이것도 아니로구나 싶어 갈기갈기 찢기는 가슴을 부둥켜안고 엉엉 우시는 그 마음자리가 바로 '비悲'일까? 그 부처님의 마음 하늘, 하늘 마음이 찢기고 갈라져서 별 무리를 이루고, 떠도는 바람 되고, 흐르는 물이 되고, 눈비가 되어 내리는 걸까?

부처 마음과 중생 마음이 둘이 아니고, 일체 유정 무정이 모두 불성을 지니고 있다는데, 부처님의 하늘 같은 마음이, 마음 같은 하늘이 왜 갈라졌을꼬? 갈라섬이 없는 세상에서는 '아니'라는 마음이 들어설 자리가 없는데, 부처님 마음자리에서 보면 온 누리에 나 아닌 것이 없을 텐데, 왜 온 누리에 나뿐이구나 하는 외로움도 함께 느끼셨을까? 깨치지 못한 중생이 아무리 머리를 감싸 쥐고 굴려 보았댔자 미망의 먼지구름만 사방에 자욱할 뿐이니, 입을 벌려도 틀리고, 입을 다물고 있어도 몽둥이 찜질감이다.

이럴 때는 머리를 잘라버리는 게 상책인데, 하나 자르면 둘이 돋아나고, 둘 자르면 넷이 돋아나는 메두사 같은 괴물이 중생의 사량분별思量分別이니, 이러지도 저러지도 못하고, 흔들고 또 흔들어 보아도 안개만 자욱하다. 그나마 먼지구름 잠깐이라도 잠재우는 길은 몸 놀려 일하는 길밖에, 다른 길은 아직 찾지 못하고 있다. 기독교 경전에 보면, 하나님이 빚은 아담과 이브가 낙원에서 살다가 뱀의 꼬임에 빠져서 좋고 나쁨을 가려보는 열매를 따 먹고 사량분별이 생기자, 하나님이 이제 너희는 여기에서 살 자격이 없다, 나가서 뼈 빠지게 일해서 너희 먹을 것, 입을 것을 너희 손으로 장만해라 하고 내치셨다는데, 혹시 구슬땀 흘려 가면서 일하다 보면 사량분별이 끊어져 머리가 개운해지고, 좋고 나쁨을 가려보지 않는 첫 마음자리로 다시 되돌아갈지 모르겠다.

내가 둥지 틀고 사는 이곳에서 멀지 않은 산 속에 달이 밝게 뜨는 암자가 있는데, 어느 날 거기 사시는 어린 스님 한 분이 내려오셨다. 밑에 깔고 그 위에 호박이나 감을 깎아 널어 말릴 청정한 볏짚 몇 단 얻을 수 있을까 하여 내려온 스님을 꼬여 바쁜 일손을 거들게 했다. 하루 이틀도 아니고 여러 날 동안 붙들어 두었으니 절에서는 난리가 났으리라. 고작 볏짚 몇 단 선뜻 들려 보내지 못하고, 볏짚 한 단이 하루 일품이라니, 그런 도둑놈 심보가 어디 있느냐. 나중에는 걱정이 되셨는지 스님 몇 분이 길 잃은 이 어린 스님을 찾아 산길을 내려오셨다.

“마음놓으시지요(放下着). 이 스님은 지금 자비행을 하고 계십니다.”

내일이면 결제에 들어가 용맹정진을 해야 한다는 스님 붙들고 내가 마음으로 되뇌인 말이다.

“마음놓으시지요.”

부처님께서도 마음을 놓으십시오. 슬픔을 머금고 있으면서도 마음놓으시기는 쉽지 않으리다. 그러나 여기 중생이 이리 많이 있는데 무슨 걱정이 있겠습니까? 그냥 마음 턱 놓으시지요.

하늘 같이 너른 마음, 마음 깊이 스민 하늘, 그 큰 하늘에 가득한 슬픔 다 오롯이 간직하시되, 기꺼이 놓아 버리시지요(자비희사 慈悲喜捨).

두 손 모아 빌었다. 일하라고 빚어 주신 이 거친 손을 잠깐 거두고서(합장合掌).

'관셈보살'을 그리며

가만있자.
그러고 보니 '관세음'이라는 말도 좀 뜬금없구나.
세상의 온갖 소리를 본다? 왜 듣지 않고 보지?

내 어릴 적 우리 아버지는 새벽마다 천수경을 읊으셨다. 아버지가 베고 자던 하얀 베갯잇에 복사꽃 빛깔의 발그레한 무늬가 얼룩덜룩 묻어 있는 것도 여러 차례 보았다. 그러나 그때는 왜 아버지가 허구한 날 새벽 염불을 하는지도, 베갯잇을 물들이던 얼룩무늬가 왜 생겼는지도 몰랐다. 나중나중에 철이 들고서야 깨달았다.

내 나이 여덟 살 때 육이오전쟁이 일어났다. 칠월에서 구월에 이르는 두 달 남짓 사이에 아버지는 아홉 자식 가운데 여섯을 잃었다. 그 뒤로 어머니는 그 자식들을 가슴에 묻고 앓다가 내 나이 열두 살 때 돌아가시고, 일곱째 형은 어린 나이에 몹쓸 사람들 손에 주리를 틀리고 난 뒤에 마음에 병을 얻어 나중에 스스로 목숨을 끊었다. 여덟째 형은 열다섯 나이에 구두통을 메고 우리 식구가 육이오를 맞았던 그 무서운 서울로 다시 살길을 찾아 떠났다. 학교라고는 초등학교 삼학년까지 다닌 것이 다였다.

아버지는 정부에서 피난민들에게 날림으로 지어 준 대여섯 평짜리 난민 주택에 살면서, 달랑 하나 남은 막내아들의 이부자리를 등지고 벽 쪽으로 똬리를 튼 채 낮은 목소리로 '천수다라니'를 하루도 빼지 않고 읊으신 것이다. 나중에야 나는 그 경이 본디 '천수천안 관자재보살 광대원만 무애대비심 대다라니경'이라는 긴 이름을 지녔다는 것을 알았다. 그리고 아버지의 베갯잇에 찍혀 있던 불그레한 점들이 피눈물의 자취라는 것도 알아챘다.

어릴 적부터 나는 '관셈보살 나무아미타불'이라는 진언眞言을 귀에 못이 박히도록 들으면서 자랐다. 내 둘레에 사는 아짐이나 할매들은 그 말을 입에 달고 살았다. 같은 인도말을 중국말로 옮길 때 '관세음보살'로 옮긴 이가 있고 '관자재보살'로 옮긴 이도 있다는 것은 아주아주 뒤늦게야 알았다. 내 귀에는 '관세음보살'이 더 낯익다.

이 땅에 사는 사람들 가운데 절반이 넘는 이들이 육이오전쟁 때 부모자식이나 가까운 사람들을 가슴에 묻었을 것이다. 그리고 아무 때나 불쑥불쑥 도지는 가슴앓이를 달래려고 비손을 하고 관세음보살을 찾았을 것이다. 이 전쟁은 남녘이 일으킨 것도 아니고 북녘이 일으킨 것도 아니다. 소련과 미국이 일으킨 전쟁이다. 누구 탓이 더 크냐고 굳이 묻는다면 미국 탓이 더 크다고 할 수 있다. 왜냐하면 한반도에 삼팔선을 그은 쪽은 미국이기 때문이다. 팔일오를 며칠 앞두고(나는 팔일오를 '광복'이라고도 '해방'이라고도 부르고 싶지 않다. '조선'의 힘으로 일본의 항복을 받아 낸 것이 아니라, 아메리카 합중국이 히로시마와 나가사키에 떨어뜨린 원자 폭탄에 일본이 손을 들어서 찾아온 결과이기 때문이다.) 미국 국방성에서 대령 두 사람이 「내셔널 지오그래픽」이라는 월간 잡지사에서 만든 세계 지도를 찾아내 거기에 그은 파란 줄이 삼팔선이고, 그 선이 결국 전쟁의 도화선이었다. 그 줄을 그은 사람은 나중에 미국 국무장관이 된 딘 러스크와 주한 미군 사령관이 된 찰스 본스틸이었다. (아메리카 합중국에 똬리를 튼 전쟁광들이 제 나라 이익을 코끝에 내세워 이 나라를 두 동강 내고, 이승만을 등 떠밀어 삼팔선 이남에 반쪽짜리 정부를 세움으로써 마침내 남녘과 북녘에 서로 죽고 죽이는 싸움의 빌미가 마련되었다는 것을 제대로 아는 사람이 몇이나 될까?)

나이 마흔이 넘어서야 나는 '천수천안관세음'과 '대자대비'라는 말에 담긴 뜻이 무엇인지가 궁금해졌다. 어느 스님이 "천수천안이란 별 게 아니다. 오백 사람만 모이면 손도 천 개고, 눈도 천

개가 되니, 관세음보살 노릇을 할 수 있다"고 해서 그 뜻풀이도 재미있다고 여긴 적이 있다. 그러나 그런 뜻은 아니리라. 열(10)을 모든 수를 아우르는 완전한 수로 본 이들도 있고(그리스의 피타고라스학파, 또는 종교단체 사람들이 그런 사람들이었다.), 온(100)을 그런 숫자로 꼽은 이들도 있다. 중국이나 우리나라 사람들이 그렇게 보았다. '백성百姓'이나 '온 누리' 같은 낱말에서 '백'이나 '온'이 바로 그런 뜻을 담고 있다. 우리나라나 중국에서와는 달리 인도에서는 '즈믄(1,000)'을 '모두'를 아우르는 수로 보았다는 말이 맞을 것이다. 조선시대에 세종 임금이 지었다는 「월인천강지곡」에서 '천강千江(즈믄 가람)'은 손가락으로 하나 둘 헤아린 '천 개의 강'을 가리키는 말이라기보다는 그냥 '모든 가람'을 가리키는 말로 보는 게 옳겠다.

내 나름으로 천수천안을 풀이하자면 '천수'는 '갖은 손길'로, '천안'은 '온갖 눈길'로 보인다. 손 닿아 빛어지지 않는 것도 없고, 망가지지 않는 것도 없다. 그 길이 어느 쪽으로 뻗느냐에 따라 살 길이 열리기도 하고 죽을 길로 접어들기도 한다. "평화는 밥이다"라고 말한 이가 있다. 로버트 케네디 인권상을 아내인 인재근과 함께 받은 김근태가 그랬다. 이 말에는 누구나 배불리 먹고, 따뜻하게 입고, 추운 겨울에 등 덥힐 보금자리가 있으면 평화롭게 살 수 있다는 숨은 뜻이 있다. 이런 손길을 갖춘 이가 관세음보살일 게다.

그런데 왜 천수 다음에 천안이 붙지? 갖은 손길로 우리를 배부르고 등 따숩게 하는 것만으로는 모자라나? 그렇지. 손에는 눈이 붙어 있지 않지. 그래서 제가 하는 짓이 살리는 짓인지 죽이는 짓인지 스스로는 알 수 없겠지. 그러니 온 누리 굽어보며 살길을 찾고 살릴 길을 찾아 보살필(보고 살필) 눈이 있어야겠지. 달이 하나이되 즈믄 가람에 제 모습 나투듯이 한 마음이 갖은 손길로, 온갖 눈길로 뻗어 가겠지. 그 마음을 일컬어 '대자대비大慈大悲'라고 하겠지.

가만있자. 그러고 보니 '관세음觀世音'이라는 말도 좀 뜬금없구나. 세상의 온갖 소리를 본다? 왜 듣지 않고 보지? 세世는 뭐고, 음音은 또 '이 뭣고(시심마是甚麽)?' '세'가 멈추어 있는 자리, 곧 우리가 흔히 이르는 세상, 세계를 가리키는 말이 아니라, '삼세제불'이라고 할 적의 어제부처(전세불), 이제부처(현세불), 아제부처(내세불)를 가리키듯이, 과거, 현재, 미래를 나타내는, '움직이는 때의 흐름'을 일컫는 말이라는 것을 마음에 두고 살피자. 지난 적은 이미 사라졌고, 올 적은 아직 이르지 않았다. 그런데 무슨 소리를 듣는단 말이냐? 소리 가운데 가장 큰 울림을 갖는 것은 입 밖에 낼 수 없는 소리, 침묵의 소리다. 온 세상이 아수라의 소리로 가득하고, 정작 가슴앓이로 숨이 막히는 사람들은 마음에 있는 소리를 입 밖으로 뱉어내기는커녕 입에 담을 수도 없는데, 누구의 무슨 소리를 듣는단 말이냐? 무슨 말을 어느 입에서 들을 수 있단 말이냐?

앓는 소리도 내서는 안 되는 몹쓸 세상에서, 하늘 마음을 지니고 있어도 뭇산이(중생)의 아픔이 내지르는 신음 소리조차 들을 길이 없는 관세음보살은 지금 이 순간에도 아니라고, 이래서는 안 된다고, 이러다가는 죄다 세월호에 실려 갈앉을 수밖에 없다고 마음속으로 도리질치면서도, 온갖 눈길 쉬임 없이 세상 소리 보살피고, 갖은 손길 따뜻하게 내밀어 살릴 길을 찾는구나. 참 보기 좋구나.

"나무 대자대비 관세음보살 마하살."

유마의 방에서 벌어진 일

"법을 위해 오셨나요?
앉을 자리 찾아오셨나요?"

유마힐은 까칠한 사람이었다. 석가모니 곁에 있던 사람 가운데 이이의 핀잔을 안 들은 사람이 없다. 부처님의 오백 제자가 한결같이 지청구를 들었다는 말도 있다. 팔천 명에 이르는 보살들도 유마힐에게서 다들 한 번쯤은 트집을 잡혔다 하니, 부처를 따르던 이들이 다시는 유마힐 옆에 얼씬거리지 않겠다고 체머리를 흔드는 모습이 눈앞에 선하다.

이 유마힐이 앓고 있다는 말을 부처가 들었나 보다. 부처는 열 손가락에 꼽히는 제자 가운데서도 가장 슬기롭고 뛰어나다고 알려진 사리자에게 병문안을 다녀오라고 이른다. 사리자가 고개를 가로젓는다. 부처를 둘러싸고 있는 열 제자 가운데 아무도 가겠다는 이가 없다. 석가의 아들인 라후라까지도 못 가겠다고 한다. 이럴 수가 있나. 유마힐은 비록 머리를 깎지 않았으나 석가가 '더할 나위 없이 바로 고른 바른 깨달음(아누다라삼먁삼보리 無上正等正覺)'을 얻었다고 입에 침이 마르도록 떠받드는 사람이다. 그런데 스승의 말을, 아비의 말을 거스르면서까지 병문안조차 안 가겠다고 뻗댄다?

"아니, 왜 못 가겠다는 거야?"

"이런 이런 일이 있었는데, 된통 야단맞고 저런 저런 꾸지람까지 들었거든요. 그런 꼴 두 번 다시 겪고 싶지 않아요. (저희 망신은 스승님 망신이기도 하잖아요.)"

"할 수 없군. 길상(문수사리)이 자네가 가 보게."

"만만치 않은 분이십니다. 말솜씨를 당해낼 재간이 없어요. 그래도 시키시는 일이니…."

이렇게 문수사리가 유마힐의 방을 찾아 길을 나서고, 그제서야 너도나도 우르르 따라나선다. 현장이 옮긴 「설무구칭경」(때묻지 않았다 일컫는 말의 경)에 따르면 그때에 문수사리를 좇아 보살 팔천, 부처 제자 오백, 그밖에 온갖 떨거지들까지 다 따라붙었다 한다.

지나는 결에 한마디 하자. 석가모니와 유마힐은 한 스승 밑에서 배운 적이 있다는 말이 떠돈다. 그리고 가르침을 베푸는 몫을 저마다 다르게 맡았다는 말도 있다. 석가는 부드럽게 감싸고 보듬는 모습으로, 유마는 날카롭게 찌르고 내치는 모습으로 일깨움을 주게 했다는 것이다. 그런데 그걸 모르는 석가의 제자들은 이렇게 여긴다. '하늘 같은 우리 스승께서도 머리 깎고 비렁뱅이로 우리와 함께 지내면서 '모두 고른 슬기(일체평등성지)'로 우리를 다독거리는데, 술 퍼마시고, 계집질하고, 노름에 빠지기도 하고, 저잣거리에서 이놈 저년들과 시시덕거리기도 하는 주제에 어디다 대고 걸핏하면 삿대질이야, 삿대질은.'

사리자는 씩씩대는 이 제자들의 첫머리에 선다. 문수사리가 유마의 집에 들어서니 그는 자리에 앓아누워 있고 방은 텅 비어 있다. '이럴 수가! 유마힐은 마당발이고 돈도 많이 벌어 남부럽지 않게 떵떵거리고 산다는 소문이 파다했는데, 사는 꼴이 우리보다 나을 게 없구나. 까칠하기 이를 데 없어서 곁에 사람이 많지 않으리라 짐작은 하고 있었지만, 그래, 병수발 들 사람 하나 없이 혼자 끙끙거리고 있다니.'

겨우 몸을 일으킨 유마힐이 아니나다를까 콕 찌른다.

"문수사리님 잘 오셨수. 오고 싶지 않은 데 와서 보고 싶지 않은 꼴 보시는구려(불래상이래 불견상이견不來相而來 不見相而見)."

문수사리는 그 말을 시답잖은 법거량으로 치고, "세존께서 어떻게 해서 앓아눕게 되셨는지, 얼마나 오래 앓아 누우셨는지, 어떻게 해야 나으실 수 있겠는지 궁금해 하십니다" 하고 말머리를 돌린다.

"어리석은 사랑 때문에 생긴 병이지요. 모두가 앓고 있어서 저도 앓고 있습니다. 중생들이 모두 낫는다면 제 병도 사그라들겠지요."

"거사님, 방은 왜 비어 있고 돌보는 사람도 보이지 않습니까?"

"(스님 같은 분들은 저마다 제 앞 가리기에 바쁘니 병문안 올 틈도 내기 어려운 터라) 온갖 마군 떼와 길 벗어난 이들(외도外道)이 모두 저를 보살피지요."

"몸에 생긴 병인가요, 마음에 생긴 병인가요?"

"몸에서 생긴 것도 마음에서 생긴 것도 아닙니다."

"그러면 흙, 물, 불, 바람 가운데 어디에서 비롯된 것입니까?"

"딱히 어느 것이라고 짚어 말하기 힘들군요. 그러나 중생이 앓는 것은 흙과 물과 불과 바람에 따르는 것이고, 이들이 앓고 있어서 저도 앓고 있지요."

뒤이어 유마힐과 문수사리가 주고받는 이야기는 때묻은 땅에 몸 굴리고 있는, 반은 얼빠지고 반은 넋 나간 나 같은 늙은이가 알아들을 수 있는 말이 아니니까 제쳐두기로 하고, 이제부터 부처의 우두머리 제자 격인 사리자와 유마힐이 티격태격하는 모습,

또 방에 숨어서 유마를 보살피던 길 벗어난(외도外道) 하늘계집(천녀天女)과 사리자의 대거리를 지켜보자.

그때 사리불은 이 방에 앉을 자리가 없는 것을 보고 이런 생각을 한다. 이 많은 보살과 제자들은 어디 앉아야 한담? 그 생각을 읽은 유마힐이 묻는다. "법을 위해 오셨나요? 앉을 자리 찾아 오셨나요?" 망신도 이런 망신이 없다. (문득 보라매공원에서 김대중이 선거 유세를 하던 모습이 떠오른다. 몇십만 명이 모여들었는데 앉을 자리 걱정하는 사람은 아무도 없었다. 철망으로 둘러친 담 위에 매달리기도 하고, 나무에 올라 흔들리기도 하고, 아비 어깨에 무동 타기도 하고, 발뒤꿈치 들기도 하고, 한 마디라도 더 귀담아 들으려고 바늘 꽂을 틈 없이 뒤엉킨 사람들 사이에서 나도 숨을 죽이고 귀 기울여 듣던 그때 그 모습이.)

다음은 하늘계집과 사리자가 주고받은 대거리다. 숨어서 유마힐을 돌보던 하늘계집이 나타나 방에 꽃을 뿌린다. (몸도 제대로 씻지 못하고 마음에도 때가 탄 수컷들 냄새가 코를 싸 쥘 만도 했겠지.) 사리자는 몸에 붙은 꽃을 탈탈 털어 버리려고 하지만, 달라붙은 꽃잎은 떨어질 줄 모른다.

"왜 털어 버리려고 하시나요?"

"(꽃을 가까이 두지 말라는) 법도에 맞지 않기 때문이오."

"이 꽃은 사람을 가리지 않는데, 어른께서는 가리시는군요."

"이 방에는 얼마나 오래 머물렀소?"

"어른이 벗어던진 해만큼요."

"그렇게나 오래 있었단 말이요?"

"벗어던지신 지 얼마나 되셨는데요?"

말문이 막힌 사리자. 다시 하늘계집이 묻는다.

"어른이시고 슬기로 빼어난 분께서 왜 말이 없으십니까?"

"음婬, 노怒, 치癡를 떠나는 것이 해탈이 아니겠소?"

마침내 속이 드러났다. 사리자는 하늘계집과 유마힐 사이가 수상쩍다고 여긴 것이다. 이런, 쯧쯧.

"부처님께서는 음, 노, 치의 됨됨이가 벗어던짐과 둘이 아니라고 하셨을 텐데요."

"좋아요, 좋아. 천녀님, 그대는 무엇을 얻고 어떻게 깨우쳤기에 말솜씨가 이렇습니까? (혹시 유마힐 거사한테 들은 풍월 아니요?)"

"저는 얻은 것도 깨달은 것도 없어서 말주변이 이렇습니다. (아무렇게나 제멋대로 씨불이는 거예요.)"

말솜씨야 어떻든 깨우침은 몸으로 드러난다고 굳게 믿는 사리자는 마침내 입 밖에 내서는 안 될 말을 내뱉는다.

"그대는 왜 여자 몸을 바꾸지 않고 있소?"

"제가 유마힐 거사를 모신 지 열두 해 동안 계집 꼴을 갖추려고 무던히 애썼어도 얻을 수 없었는데, 어떻게 하면 여자로 바뀔 수 있지요?"

그 대거리를 보고 있는 무리들에게는 하늘계집이 수컷을 닮고, 사리자 꼴이 갈데없는 계집이다.

"사리불님, 사리불님이 여자가 아니면서 계집 꼴을 드러냈듯이, 여자들도 모두 이와 같아서 비록 여자 얼굴을 지녔지만 여자가 아닙니다. 그래서 부처님께서는 모든 법을 죄다 남자도 여자도 아니라고 말씀하신 걸로 알고 있습니다."

떼거리로 몰려가면 유마힐을 움츠러들게 할 수 있으리라 여겼을까? 사리자는 잘못 짚었다. 잠깐 얼굴만 비추고 돌아설 수 있으리라 여겼던 이 만남은 한 권의 경전으로 묶일 만큼 길어졌고, 사리자는 이제 '대중공양' 걱정이 앞선다. 그 마음을 알아채고 유마힐이 나무란다.

"부처님은 벗어던짐을 여덟 가지나 말씀하셨지요? 어진 이께서 그것을 몸 받아 옮기는 것으로 아는데 어찌 먹고자 하는 잡념을 버리지 못하고 법문을 듣고 있습니까?"

부처가 유마힐에게 바란 게 바로 이것이 아니었을까? 으뜸 제자가 제 곁에서만 맴도는 작은 수레(소승) 버리고 큰 수레(대승)에 오르기를 바라는 마음에, 사나운 코끼리에게 매질하듯이 모두가 지켜보는 가운데 개망신을 주는 것.

병문안 소식을 모두 귀담아들은 붓다는 아난에게 이렇게 이른다.

"이 경전은 '유마힐소설'이라 이름 짓고, 또 '불가사의 해탈법문'이라고 부르고 받아 지니기를 이와 같이 하거라."

대승의 문은 이렇게 열린다. 아멘(아무렴).

아누다라삼먁삼보리, 더할 나위 없이 바로 고른 바른 깨달음

고른 결과는 평등해집니다. 같아지지요.
평등한 세상을 만들자는 뜻은 고루 같이 나누는 평화로운 세상을
열자는 뜻입니다.

지난 '누리빛날(토요일)'에 한참(일진一眞) 스님을 만났다. 만나기에 앞서 스님이 쓴 「승만경을 읽는 즐거움」을 읽었다. 만나자마자, "한참 스님, 한참 만에 만나네요" 하고 너스레를 떨었지만 스님은 나를 기억하지 못했다. '아니, 보통 사람이라면 그러려니 치더라도, 이렇게 못생긴 얼굴을 머릿속에서 지울 수도 있단 말이야?' 속으로 툴툴거렸지만, 보아하니 하루하루 그날그날 현재만 있고 과거도 미래도 없는 삶의 기쁨에 흠뻑 젖어 있는 스님의 모습이 곱고, 이쁘고, 좋다는 느낌이 들어서 서운한 마음을 감출 수밖에. 이제부터 쓰는 글은 한참 스님에게 날리는 '작업편지'다.

한참 스님께.

이번 말고, 스님이 잊어버린 지난번에 제가 "일진一眞? 우리말로는 한참 스님이네요" 하고 어색함을 눅이느라고 말을 붙였더니 스님은 곧 "우리 명성 스님이 저를 그렇게 부르셨어요" 하고 스스럼없이 대꾸하셨지요? 그마저 잊으셨을 테니 이를 어쩌나! 그때 제가 드린 제 책 「철학을 다시 쓴다」도 어쩌면 들추어 보지도 않고 구석에 밀쳐놓았거나 학인에게 내주었을 텐데, 아마 십중팔구 이리저리 굴러다니다 어디론가 행방불명이 되었기 십상이겠지요? 그 책을 드릴 적에는 겉표지에 '철학, 윤리학, 심리학 부문 최우수 교양도서-문화체육관광부'라는 금딱지도 아직 붙어 있지 않았을 테니, 나가르주나가 쓴 「중론」보다 더 심오하고, 앞으로 삼백 년 동안 기인이 나타나기 전에는 아무도 제대로 해독할 수 없는, 불교 역사뿐만 아니라 인류 역사상 불멸의 명작이 될 그 책은, 그러나 건강에 해롭지 않은 초강력 수면제로서 이 집 저 집 책꽂이에 꽂혀 있다가 어느 순간 슬그머니 버림받겠지요. 그리고 저는 때가 말법 시대임을 한탄하면서 쩝쩝 속으로 쓴 입맛만 다시고 말겠지요.

이번 만나 뵈었을 때 제가 "「승만경을 읽는 즐거움」을 즐겁게 읽었습니다. 벌써 삼 쇄를 찍었더군요" 하고 축하를 드렸더니, 스님은 "그 출판사에서 제 책을 팔아서 먹고산다고 하데요" 하고 어린애처럼 기뻐했습니다. (참, 철모르는 우리 스님, 그건 그저 덕담일 뿐이지, 스님 책을 팔아서 살림이 펴일 만큼 출판계 형편이 녹록하지는 않습니다.) 제가 왜 이렇게 짐짓 가벼운 표정으로 이 편지를 쓰는지 스님은 모르시겠지요? 제가 월간 잡지 편집 일을 해 본 적이 있어서 저는 어지간하면 마감 날 전에 글을 보냅니다. 그런데 이번에는 아무리 애써도 그럴 수가 없었어요. 빠듯하게 정해 주었을 마감 날을 사흘이나 넘겼습니다.

사드 배치, 개성공단 폐쇄, 키리졸브 훈련 등, 전쟁의 먹구름이 다시 이 땅을 뒤덮고 있는 터에 무슨 경황으로 글을 쓸 수 있었겠습니까? 글이 실리는 매체가 월간지가 아니었으면 저는 절필 선언이라도 하고 싶을 만큼 절망에 빠져 있었습니다. 제가 말씀드렸지요. 미래 세대를 키우고 있는 어머니들만이 이 땅에서 평화를 지켜낼 수 있다고요. 그리고 스님에게 이렇게 하소연했지요.

"우리 애들을 살리려면 이 거센 전쟁의 물길을 거슬러야 하니까 앞으로 헤쳐 나가는 걸음걸음이 참 팍팍할 수밖에 없겠네요. 저 같은 사람이야 이미 언제 어떻게 죽어도 자연사일 만큼 오래 살았으니, 그리고 물 더럽히고 공기 더럽히고 땅 더럽힌 데다가, 미래 세대에 남겨 줄 것이라곤 일자리도 짝도 앞날도 없는 '헬조선'뿐인 죄 많은 인생을 살았으니 죽어서 무간지옥에 떨어져도 할 말이 없지만, 대한 국민도 조선 인민도 아닌 '우리나라 사람'으로 함께 살아야 할 우리 아이들은 어쩐대요?"

바로 그래서 저는 스님 얼굴에 피어나는 기쁨이 모든 이의 기쁨으로 번지기를 바랍니다. 기쁘다는 말은 '깃+브다'에서 나왔겠지요. '밉다', '곱다' 할 때의 'ㅂ다'가 같다, 닮았다, 비슷하다를 나타내는 말꼬리인 것처럼, '이쁘다', '기쁘다' 할 때 '브다'도 같은 뜻을 나타내는 말꼬리입니다. '기쁘다'라는 말, 그리고 거기에서 나오는 '기쁨'이라는 말에는 특별한 뜻이 담겨 있습니다. 깃은 새의 날개를 가리키는 말이기도 하지만, '깃들다'는 말에서 볼 수 있는 것처럼 새가 튼 둥지나 짐승들이 만든 보금자리를 가리키는 말이기도 합니다. 사람 사는 '집'의 말뿌리는 '깃'입니다. 사람이 깃드는 곳이 집입니다. 밥상 앞에 둘러앉을 수 있고, 이부자리를 펼 수 있고, 구들에 장작을 지필 수 있는 집은 자식들을 키우는 어버이들이 마련하고 지켜야 할 평화의 마지막 보루이기도 합니다. 저들은 지금 이 '깃 같은' 곳, '기쁨'을 앗아 가려고 온갖 못된 꾀를 짜내고 있습니다. 여기에 맞서야 합니다. 우리 아이들의 삶터를 두 겹 세 겹으로 두르는 평화의 울타리를 마련해야 합니다.

그러려면 '아누다라삼먁삼보리'가 무슨 뜻인지 알아야 합니다. 그냥 주문일 뿐이라고, 굳이 옮길 필요도 없고, 우리말로 옮겨 보았댔자 제 뜻이 있는 그대로 드러나지 않는다고 버려둘 일이 아닙니다. 중국 사람들은 그걸 '무상정등각' 또는 '무상정등정각無上正等正覺'으로 옮기기도 하더라고 심드렁하게 대꾸할 일도 아닙니다. 왜냐하면 이 말은 금강경, 유마경, 승만경, 반야바라밀다심경 같은 대승경전에 빠짐없이 나오기 때문입니다.

석가모니 부처는 말이 많은 분이었습니다. 오죽하면 그 말들을 다 모아 놓은 것이 '팔만대장경'이란 이름으로 묶였겠습니까. 그 많은 경전을 누가 어느 겨를에 꼼꼼히 다 들추어 볼 수 있겠습니까. 그리고 검은 머리 파뿌리 되도록 눈 빠지게 들여다보고만 있어서야 '하화중생'에 도움을 줄 겨를을 어떻게 낼 수 있겠습니까. 그래서 어느 때부터인지는 모르겠으되, 말 줄이기가 시작되었습니다. '입만 벙긋해도 틀린다(개구즉착開口卽錯)', '염화시중拈華示衆' 같은 말도 그런 과정에서 생긴 말이겠지요. 줄이고 또 줄여서 반야심경은 부처님 말씀을 한자로 이백육십 글자밖에 안 되도록 바짝 줄이고, 그러다 보니 너무 어려워져서 차라리 뜻은 몰라도 지극정성으로 읊기만 하면 부처님의 가피를 받을 수 있다는 진언이나 주문으로 바꾸기도 했습니다. '나무아미타불 관세음보살', '옴마니반메훔'처럼요. 한참 스님도 「승만경을 읽는 즐거움」에서 그런 말씀 하신 적이 있지요? 뜻보다 믿음이 앞선다고요. 가다가 틀리게 주문을 외우더라도 믿음만 굳으면 나무아미타불이 나무아비타불이 된들 무슨 상관이 있겠습니까.

어떤 주문이 산스크리트어로 어떤 뜻이고 팔리어로는 무슨 의미인지 콩이야 팥이야 따지는 일은 먹물들의 일입니다. 저는 아직 못 가 보았지만 나중에 열반에 들어 극락에 가면, 아마 그런 먹물들은 가뭄에 콩 나기로 드문드문 눈에 띌 뿐이고, 나머지 사람들은 죄다 부처님 앞에 비손을 하면서 평생을 진언만 읊은 시골 까막눈 어르신들이리라고 믿습니다. 이 분들은 저 먹고 이웃 먹여 살리느라고 낮에는 손에 괭이와 호미를 들고, 밤에는 두 손 모아 비손을 하고 있었을 테니, 어느 겨를에 남에게 해코지할 수 있었겠습니까.

어쩌다 곁길로 접어들었는데, 다시 말길을 '아누다라삼먁삼보리', '무상정등정각'으로 돌리기로 하지요. 저는 이 말을 '더할 나위 없이 바로 고른 바른 깨달음'으로 바꾸고 싶습니다. 덧붙여야 할 말이 있네요. '무상'을 '더할 나위 없다'로 옮긴 것이야 그렇다 치더라도, '정등'을 '바로 고른'이라고 바꾸면 무슨 말인지 알아듣겠느냐는 걱정이 들었겠지요. '고르다'는 말에는 두 가지 뜻이 있습니다. 땅을 고른다는 말은 땅을 반반하게 만든다는 뜻을 지니고 있습니다. 씨앗을 고른다는 말은 잘 여문 씨와 그렇지 못한 씨 가운데 이듬해에 뿌릴 튼실한 씨앗만 골라낸다는 뜻을 지니고 있습니다. 시장에 나오는 감자나 양파는 이미 크기에 따라 가지런히 골라 놓은 것이어서 같거나 어슷비슷합니다. 공장 제품들은 따로 고를 필요도 없지요. 같은 틀에 찍혀 나오니까요. 어쨌거나 고른 결과는 평등해집니다. 같아지지요. 평등한 세상을 만들자는 말은 고루 같이 나누는 평화로운 세상을 열자는 뜻입니다.

마지막에 나오는 '정각'은 '바른 깨달음'인데, '깨닫다'라는 우리 말에는 깊은 뜻이 있습니다. 깊이 잠들어 있는 사람은 눈꺼풀이 닫히고 귀도 코도 혀도 살갗도 제 구실을 못해서, 빛도 소리도 냄새도 맛도 살갗에 닿는 느낌도 가리지 못합니다. 깨어서 빛은 눈에, 소리는 귀에, 냄새는 코에, 맛은 혀끝에, 느낌은 살갗(몸)에 닿아야 합니다. 얼(의意)은 결(법法)에 닿아야겠지요. 이 말은 긴 풀이가 따라야 하므로 다음에 말씀드리지요. '깨닫는다'의 옛 글꼴은 '깨닿는다'입니다. ('닿는다'에서 '다솜'이라는 이름씨가 나왔지요. '다솜'은 '사랑'을 가리키는 우리말입니다.) 그러니, '깨달음'은 '깨어난 사랑'입니다. 흔히 대자대비로 불리는 부처님의 사랑이 바로 이것이라고 저는 믿습니다.

한참 스님, 얼결에 사랑을 속삭인 셈이군요.
다음에 또 쓰겠습니다.

한결같이 즐겁고
너나없이 좋은
부처님 나라

우리는 어떨 때 좋다고 하고 어떨 때 나쁘다고 합니까.
있을 것이 있고 없을 것이 없을 때 좋다고 하고,
있을 것이 없거나 없을 것이 있을 때 나쁘다고 합니다.

한참(일진一眞) 스님께.

지난번에 스님께 사랑 글 보낼 적에 반야심경에 쓰인 것(색), 소리(성), 냄새(향), 맛(미), 닻기(닿기, 촉), 결(법), 그리고 그것에 짝을 이루는 눈(안), 귀(이), 코(비), 혀(설), 몸(신), 얼(의)을 들면서 제 나름으로 '의意'를 '뜻'으로 옮기지 않고 '얼'로 바꾸고, 이 말과 짝짜꿍이 되는 '법法'을 함부로 '결'로 옮겼습니다. 그리고 왜 그랬는지를 다음에 말씀드리겠다고 하고 넘어갔지요? 불법佛法이 불법不法이 아닌데, 굳이 이렇게 부처님 법을 어기면서까지 '결'로 옮겨서 얻을 게 무엇이냐고 물으실 듯합니다.

먼저 제가 보기로는 것(색)과 눈(안), 소리(성)와 귀(이), 냄새(향)와 코(비), 맛(미)과 혀(설), 닷기(촉)와 몸(신)의 차례가 아무렇게나 지어진 게 아닌 성부릅니다. 우리가 눈으로 가려 보는 이것저것은 우리 몸에서 가장 멀리 떨어져 있습니다. 해와 달, 밤하늘의 별뿐만 아니라, 물 건너 저 언덕도 눈에서 멀기는 마찬가지지요. 눈 감으면 안 보이고 눈을 뜨면 앞에 나타나는 것들은 모두 눈에서 멀리 떨어져 있습니다. 그것들이 바짝 다가서면 눈앞을 가려서 우리는 이것저것을 따로 가려보기 힘들지요. 다가서는 순간 그것은 다른 것들을 못 보게 만드는 가림막이 되어 버립니다.

일본 사람들이 '대상對象'이라는 한자어로 옮긴 그것들을 영어로는 '오브젝트object'라고 부르고, 불란서어로는 '오브제objet', 독일말로는 '게겐슈탄트gegenstand'라고 이르는데, 이 말은 라틴어 '오브이엑투스obiectus'에서 나온 말로서, '오브이케레obicere'의 과거분사입니다. 참 낯선 문법 용어지요. 오브이케레는 가로막고 있다는 말입니다. 말하자면 걸림돌이지요. 우리 눈을 가로막는 것(색)들 때문에 우리는 그 뒤에 무엇이 있는지 볼 수 없습니다. 이것들을 하나하나 걷어내면 아무것도 걸리지 않아 눈앞이 탁 트일 텐데 말입니다. 그리고 이것이 '것은 빔이 아니고(색불이공)', '빔은 것이 아니다(공불이색)', '것이 곧 빔이고(색즉시공)', '빔이 곧 것이다(공즉시색)'라는, 눈에 보이되 안 보이고, 눈에 안 보이되 보이는 딴 세상을 열어줄 텐데 말입니다.

이것저것이 우리 눈에서 가장 멀리 떨어져 있고 소리가 그 다음이지요. 소리가 귀에 들리는 거리를 우리는 가청거리라고 하는데, 그 거리를 벗어나면 아무리 크고 시끄러운 소리도 귀에 들리지 않습니다. 냄새를 맡을 수 있는 거리는 그보다 더 짧고, 맛은 혀끝에 닿아야 하니 더 말할 나위가 없습니다. 살갗에 닿는 것은 더 짧지요.

이렇게 따지자면 얼(의)에 닿는 결(법)은 혀나 살갗에 닿는 것보다 더 바짝 다가서 있다고 보아야겠지요. 이것은 우리가 '이 뭣고(시심마)?'라고 입도 벙긋하지 못하는 사이에 그야말로 얼결에 우리 머리와 가슴을 사로잡습니다. 물러서려야 물러설 수 없고 뿌리치려야 뿌리칠 수도 없는 이것이 우리 마음을 사로잡아, 거기에 휘둘리다 보면 우리는 순간순간 얼빠지고 넋 나간 짓을 하게 되지요.

한결같은 마음자리라고요? 한결같은 마음(일심), 한결같은 맛(일미), 다 헛소리입니다. 그런 거 없어요. 우리가 그 뜻을 알고 입밖에 내든 모르고 지껄이든 가리지 않고 툭하면 내뱉는 말 가운데 '일미진중함시방一微塵中含十方'이라는 말이 있습니다. 티끌 하나가 온 누리를 머금고 있다는 말인데, '함含'이라는 한자에는 머금는다는 뜻도 있고 삼킨다는 뜻도 있습니다. 이 티끌 가운데 티끌이 입을 벌려 꿀꺽 삼키면 그 혀끝에 닿는 맛이 한맛(일미)일 텐데, 티끌 하나가 바늘 끝에 자리 잡을 수 있다면 티끌의 티끌들에게는 그 티끌이 차지한 자리가 삼천대천세계만큼 넓겠지요.

어떤 실없는 중생이 이렇게 술주정하는 소리를 들었습니다.(여시아문)

바늘 끝에 앉은 티 끝에 앉은 티
주둥이 쩍 벌려 들숨날숨
들숨에 시방세계 꿀꺽, 날숨에 허공 퉤퉤
산 티 있어 산 숨 삼키고 내뱉을 적
삼키니 한맛이요
뱉으니 한마음이구나.
그 맛, 그 마음 한결같지 않구나.
갈래갈래 흩어져
산 숨 쉬는 산 티들
온 누리에 가득하구나.
자벌레가 허공을 재고
장구벌레가 하늘 끝 맴도는구나.
알나리깔나리(나무아미타불)

세상 속인다고 나무라지 마십시오. 술주정일 뿐이니까요.

'부모미생전父母未生前' 일이니, 이미 눈, 코, 입, 귀 다 갖추고, 가슴에 피 돌고, 머리통이 덩그러니 목 위에 얹혀 있어 사람 꼴로 태어난 저 같은 중생이 숨티(숨 쉬는 티끌)가 핏덩이로 엉기기 전인 억만 겁 일을 어찌 알겠습니까.

다시 얼결에 부닥친 일로 되돌아갑시다. 귓결에 들은 주정뱅이 넋 나간 소리는 한 귀로 흘리시고요. 우리는 결이라는 말을 스스럼없이 이 말에도 붙이고 저 말에도 붙입니다. 결 고운 마음에도 붙이고 흐트러진 마음에도 붙이는 마음결, 바람결, 물결, 숨결, 살결, 비단결, 나뭇결, 머릿결, 귓결, 얼결….

벌써 세 해가 훌쩍 지났나요. 불한당(불교 경전을 한글로 옮기는 무리) 모임이 조계사 옆 도법 스님 방에서 의상 대사의 '법성게'를 붙들고 씨름할 때, 맨 첫 구절인 '법성원융무이상法性圓融無二相'을 제가 '마음결 무르녹아 두 모습 없으니'로 옮기자고 했다가 고개를 외로 꼬는 분들이 있어서 어물쩍 말꼬리를 사린 적이 있습니다. 저는 그때 '법성法性'을 '마음결'로 풀 수도 있다고 본 거지요. '법法'이라는 말을 우리말로 옮기면 수거水去, '흐르는 물결'이니 거기에서 '결'을 따고, '성性'은 '마음냄'이나 '마음남'의 한자어이니 여기에서 '마음'을 따자, 그래서 '법성'을 '마음결'로 옮기면 되지 않겠느냐는 게 제가 내세운 말이었습니다. 저는 제 말이 천 년도 넘게 이어 내려온 불법(부처님 법도)에 어긋나는 불법不法인 것에 아랑곳하지 않은 것이지요. 도법 스님의 법도에도 어긋나는 말이었을지도 모릅니다.

그러나 이런 말을 꺼낸 데에는 제 나름으로 까닭이 없지 않았습니다. 우리말에 '법 없이도 살 사람'이라는 말이 있습니다. '결 고운 마음이 한결같아서 불법佛法, 불법不法 가리지 않고 마음 씀, 손발 씀 그 어느 것도 삶과 살림에 걸림돌이 되지 않는 사람'이라는 뜻이겠지요. 이 법 없이도 살 사람들이 누구나 알아들을 수 있는 쉬운 우리말로 부처님이나 큰스님들의 말씀을 들려줄 수 있어야 맑은 세상을 앞당길 수 있지 않겠느냐는 게 제 생각입니다. '맑은 세상'은 '좋은 세상'의 다른 말임을 저는 세종과 세조 연간에 펴낸 「금강경 언해」, 「능엄경 언해」, 「선종영가집 언해」 같은 책에서 찾을 수 있었습니다. 거기에 '맑을 정淨' 자를 '조타(좋다)'로 옮겼더군요.

우리는 어떨 때 좋다고 하고 어떨 때 나쁘다고 합니까. 있을 것이 있고 없을 것이 없을 때 좋다고 하고, 있을 것이 없거나 없을 것이 있을 때 나쁘다고 합니다. 배고픈데 먹을 게 없으면 나쁩니다. 있을 것이 없기 때문이지요. 몸에 병이 있으면 나쁩니다. 없을 것이 있으니까요. 이렇게 있을 것이 없거나 없을 것이 있으면 그 세상은 맑은 세상, 좋은 세상이 아니고, 더러운 세상, 몹쓸 세상입니다. '한결같이 즐겁고 너나없이 좋은(상락아정常樂我淨)' 부처님 나라, '하늘 위에도 하늘 아래에도 내남이 따로 없는(천상천하유아독존天上天下唯我獨尊, 저는 존尊이라고 쓰고 존存이라고 읽습니다)' 세상, 몸에도 탈이 없고 가슴앓이할 일도 없는, 고른 나눔이 있는 평화로운 살림터가 우리가 바라는 삶터가 아니겠습니까.

말이 길어졌지만 몇 마디만 덧붙이겠습니다. 용성 스님이 우리말로 옮긴 불경이나 어록들을 눈여겨보십시오. 그 뒤로 나온 어떤 책자들보다 더 쉬운 말로 부처님이나 큰스님들의 말씀을 옮겨 놓은 것을 알아차릴 수 있을 겁니다. 왜 그랬을까요. 용성 스님은 이미 이 나라를 식민화한 일본이 '내선일체'를 내세워 머지않아 우리말을 없애고 일본말을 나라말로 삼으리라는 것을 미리 내다보았습니다. 그래서 우리말을 지키는 것이 독립운동의 한 가닥이라고 보아 밤을 새워 「화엄경」, 「금강경」, 「선문촬요」 같은 책을 결고운 우리말로 옮기시느라 몸을 돌보지 않은 것입니다. 그리고 용담 스님 같은 분들에게도 그 뜻을 물려주었습니다. 한때 불교를 버리고 대각교라는 신흥 종교를 만들었다는 뒷소리까지 들으면서 저잣거리에 법당을 세우고, 아녀자들에게까지도 그때는 낯설었던 찬불가를 지어 풍금에 맞추어 노래하고 춤추게 한 것도, 우리 불교를 왜색 불교로 바꿔치기하려는 일본 총독부의 음모에 맞서려는 뜻이었다고 봅니다.

술주정하는 놈 또 한 놈 나타났네요.
건성건성 살았응께 건성건성 죽어야제.
코앞에 닥칠 때 닥치는 대로 하고
미리미리 꼼꼼하게 챙기지 않았으니
나도 조마조마 너도 조마조마
외나무다리 건너 저승길 갈 적에
이리 흔들 저리 흔들
떨어지면 어쩔끄나잉.
가다 못 가면 쉬었다 가제.

몸 성히성히 잘 있으쇼잉, 인연 닿으면 또 뵐 날 있겠지요.

상구보리 하화중생,
좋은 말이지

뭇산이가 깨다르미(보살)가 되려면 가슴앓이가 앞서야 한다.
이 몹쓸 세상 밑바닥에 제 몸을 굴려야 한다.
있는 놈 자리에서 벗어나 없는 놈 자리에 서야 한다.

중학교 삼학년 겨울에 첫 출가를 시도했다. 공주 갑사를 찾아갔다. 누굴 만나 무슨 말을 해야 할지 몰라서 대웅전에 들어갔다가 부처님이 등 떠미는 것 같아서 하릴없이 내려왔다. 고등학교 이학년 때는 일엽 스님의 「청춘을 불사르고」라는 책을 읽고 예산 수덕사를 찾았다. 머리를 깎겠다고 하는 내 말을 듣고 노장 스님은 고개를 끄덕이더니, 주지 스님 찾아가 보라고 이르신다. 주지 스님은 단칼에 내치셨다. 부모 승낙을 받고, 고등학교 졸업하고 나서 오면, 그때 받아들일지 말지 결정하시겠단다. 또 하릴없이 터벅터벅 산길을 걸어 내려왔다.

마지막으로 다시 마음을 냈다. 이미 한 여자와 짝을 맺고 딸

하나를 낳은 뒤였다. 둘째 애는 아내의 뱃속에서 자라고 있었다. 송광사에 들어가 아내에게 편지를 썼다. 미안하다고, 더는 부부 인연을 이어갈 힘이 없다고, 죗값은 부처님에게 치르겠다고 했다. 내가 어디에서 이 편지를 보내는지, 봉투에 부친 곳을 쓰지 않았으니 찾을 수 없으리라 믿었다. 월간 잡지 「뿌리깊은 나무」 초대 편집장을 맡고 있던 때였다. 마당도 쓸고, 부엌일도 돕고, 노장 스님 방도 닦고 요강도 비우고, 구산 스님 따라 텃밭에 나가 돗벌레도 잡고, 법정 스님이 계시는 불일암에 공양도 날라드리고…. 오늘일까 내일일까 머리 깎을 날만 기다리고 있는데, 어느 날 불쑥 「뿌리깊은 나무」 대표 한창기 사장님이 내 앞에 나타났다. 주지 스님께는 양해를 구했으니 잠깐 산문 밖에 나가 이야기를 나누자고 하신다. 아내가 어린 딸 손을 잡고 있는 모습이 보였다. 잠깐 기다리라고, 짐 챙겨 나오겠다고 돌아서는데 한 사장님과 같이 온 회사 동료가 팔을 잡아당기더니 옆에 세워둔 차에 억지로 밀어 넣고 출발시킨다. 세 번째도 실패. 무심코 다른 사람 시켜 편지를 부쳤는데, 봉투에 송광사 우체국 소인이 찍혀 있어 찾을 수 있었다는 말을 뒤늦게 들었다.

업장이 두텁구나, 머리 깎을 팔자 못 되는구나. 중생으로 사는 수밖에 없겠구나. 이렇게 상구보리 하화중생의 꿈은 물거품이 되고, 출가는 앞뒤가 바뀌어 가출이 되었다. 햇수로 따지면 이래저래 출판쟁이 열다섯 해, 대학 선생 노릇 열다섯 해, 얼치기 농사꾼 열다섯 해, 그러다 보니 어느덧 마흔다섯 해가 흘러가고 나는 예나 마찬가지로 중생으로 살아가고 있다. 이제 늙어 꼬부라져 저승이 코앞이다.

가끔 시간을 내서 반야심경을 웅얼거리는 때가 있다. 지난해 이맘때부터 몸이 무너지기 시작해서 이승을 떠날 날이 오늘내일 하는데 아직도 깨달음에 대한 집착이 남았는가. '관자재보살 행심반야바라밀다시…' 첫 글자에서부터 턱 걸린다. '관觀', 본다. 관자재보살은 관세음보살의 다른 이름이다. '천수천안 관세음보살'. 중생인 윤 아무개의 살눈과 깨달은 이(보살)의 얼눈은 어떻게 다른가? 나한테는 눈이 둘뿐이지만 관세음보살은 눈이 천 개나 된다. 내 눈은 살눈이지만 관세음보살의 눈은 얼눈이다. 내 눈은 빛이 없으면 깜깜이이지만, 관세음보살은 빛에 기대지 않아도 세상에 떠도는 온갖 소리(세음世音)까지 본다.

생각이 생각을 낳고 알음알이(분별지)가 꼬리를 문다. '빛이 있어야 살눈은 제 몫을 할 수 있다. 이것저것을 가려 볼 수 있다.' 다시 중얼중얼. '스스로 있음을 있는 그대로 보는 깨달은 이(관자재보살)'가 저 언덕으로 건너가는 일에 깊이 몸담을 적(행심반야바라밀다시). '본다'는 말이 또 나오는구나. '모든 게 비어 있음을 두루 비추어 보고(조견오온개공).' 무엇을 본다고? '다섯 얽힘'이 다 비어 있음을 보지. 것(색), 받음(수), 생각(상), 몸놀림(행), 앎(식). 가리거나 갈라 세우면 이것저것이 나타나고, 그것들을 눈으로, 귀로, 코로, 혀로, 몸으로 받아들이면 마음에 이 꼴 저 꼴로 나타나고, 거기 따라 몸 놀리면 알음알이가 생기는데 이 모든 게 비어 있음을 본다? 어허, 이게 무슨 말이야? 저 눈에 우리네 중생 배가 비어 있음도 보일까? 배고픔에서 비롯된 몸살도 가슴앓이도 보일까?

다 죽어가는 내 눈에 보이는 건 관세음보살도 아니고 박근혜보살도 아니다. 내가 우러르는 보살은 소선 보살, 제 몸을 불태운 전태일의 어머니 이소선이고, 진숙 보살, 한진중공업 까마득하게 높은 쇠해오라기(타워크레인)에 삼백하고도 아흐레 동안이나 매달려 있던 소금꽃나무 김진숙이다. 나는 이 분들 눈으로 이 분들이 보았던 것들을 보고 싶다. 알다시피 소선 보살은 근로기준법을 지키라고 외치면서 제 몸에 불을 싸지른 아들을 가슴에 묻고 길거리로 나섰다. 그 가슴으로 길을 닦았다. 말 그대로 '수도修道'이다. 헐벗고 굶주리는 젊은이들을 낡고 때에 전 치마폭에 감쌌다. 그이가 열반에 들 적에 어느덧 그이는 이 땅 모든 노동자의 어머니가 되어 있었다. 너나없이 어머니, 어머니, 부르면서 목놓아 울었다.

진숙 보살이 쇠해오라기 목을 타고 40미터를 기어오른 때는 2011년 1월 6일이었고, 고공 농성을 마치고 다시 내려온 때는 그해 11월 10일이었다. 칼바람 부는 쇳덩이 위에서 겨울을 났다. 부처의 설산수행도 이보다 더하지는 않았으리라. 얼어붙은 강철벽에 손이 닿으면 살점이 뭉텅뭉텅 떨어져 나갔다. 한여름에 가마솥처럼 달구어진 쇳바닥에 어쩌다 살이 닿으면 익어서 노린내가 났다. 진숙 보살은 이 고행을 견뎌냈다. 잠들면 마군들이 그 틈을 타서 끌어내릴까 조바심이 나서 하루에 십 분 넘게 이어서 잠들어 본 적이 없는 '장좌불와(눕지 않고 앉아 버티기)'행을 한 그이가 '조견照見'한 것은 무엇이었을까?

상구보리 하화중생, 위로는 깨달음을 얻기 바라고 아래로는 중생들을 보듬어 안는다, 처음에 나는 이것이 둘인 줄로만 알았다. 따로따로인 줄 알았다. 깨달음이 없으면 뭇산이(중생)를 살리는 일은 물건너간 일로 여겼다. 그러나 소선 보살과 진숙 보살의 '보살행'을 보면서 그렇지 않을 수도 있겠다는 느낌이 들었다. 불이不二, 둘이 아니라는 생각이 떠올랐다. (소선 보살의 삶은 꽤 널리 알려져 있으므로 여기서는 이야기하지 않겠다.) 진숙 보살의 뜻은 깨달음을 얻는 데 있지 않았다. 쇠해오라기 목에 매달린 까닭은 오로지 일터에서 등 떠밀려 쫓겨나는 힘 없는 이웃을 지키려는 뜻에서였다. 다른 생각이 없었다. 함께 일했던 사백 명이 넘는 사람들의 밥줄이 끊어지는 것을 차마 두고 볼 수 없어서였다. 굳이 때의 앞뒤를 따지자면 하화중생이 먼저이고 상구보리는 나중이었다.

보라! 진숙 보살이 열 달이 넘게 쇠바닥 빈터에서 얼고 익는 사이에 뭇산이들의 가슴 가슴에서 희망이라는 이름의 풀씨에서 싹이 텄다. 온 나라 구석구석으로부터 '희망버스'에 실린 민들레 홀씨들이 날아들었다. 뭇산이가 깨다르미(보살)가 되려면 가슴앓이가 앞서야 한다. 이 몹쓸 세상 밑바닥에 제 몸을 굴려야 한다. 있는 놈 자리에서 벗어나 없는 놈 자리에 서야 한다. 석가모니가 바로 그러지 않았던가? 지닌 것 모두 버리고 일부러 헐벗고 굶주림을 사서 겪지 않았던가?

육조 혜능이 가난뱅이였다는 사실은 누구나 안다. 글을 익히지 못한 까막눈이었다는 것도 안다. 귀를 눈으로 바꿀 수밖에 없었다. 뭇산이 가운데 밑바닥 뭇산이로, 날마다 앓는 소리가 제 목을 타고 올라오는지 이웃 목에서 나는지 가릴 겨를이 없이 살다가 어미가 저승으로 떠난 뒤 절집으로 스며들었다. 경전에 코 박고 사느라 일손 놓은 거룩한 스님들 그늘 아래서 디딜방앗간 방아 찧는 일에 내몰렸다. 하도 굶어서 뼛속까지 비어 있던 놈한테 디딜방아를 누를 발바닥 힘이 있을 리 있나. 할 수 없이 등에 돌절구를 짊어지고 방아를 찧었다 해서 '절구진이(부용 거사)'라는 이름까지 얻었다. 이 모진 아픔을 견디면서 부처님 말씀을 귀로 보았다. '몸은 깨닫는 나무이고 마음은 거울 받침대이니…' 하는 소리를 듣고 그런 게 어디 있어 코웃음 치다가 싹수 없다고 쫓겨났다. 아마 한겨울이었을 게다. 오조 홍인이 혜능의 헐벗은 꼴을 보고 가엾게 여겨 제가 입던 옷가지와 동냥할 때 쓰라고 밥그릇을 넌지시 주어 보냈을 거다.

오조가 끝까지 놓치지 않은 것이 있었다면 바로 이런 마음자리, 곧 가여움이었을 거다. 이 마음자리는 '뭇산이가 앓고 있어서 나도 앓고 있다'고 유마힐이 말한 그 자리다. 소선 보살도 이 마음으로, 남의 밥상에 먹을 것 차리고 남의 몸뚱이 감쌀 옷 지어 바치는데도 돌아오는 것이라고는 헐벗음과 굶주림밖에 없는 이들을 보듬었고, 진숙 보살도 이 마음으로 한겨울에 철탑 위로 기어올랐다.

그런데 지금 무슨 일이 벌어지고 있는가? 뭇산이들이 '한빙 지옥'으로, '화탕 지옥'으로 무더기로 내몰려 '헬조선'이 바로 코 끝 벼랑인데, 누가 있어 이 중생들을 구제할 것인가?

이 나라 경제를 살리겠다고, 이 땅에 평화가 깃들게 하겠다고 금수저를 문 금배지들이 국회로 꾸역꾸역 밀려들고 있는 꼴을 지켜보는 뭇 비구, 비구니의 '관'과 '견'이 텅 비어 있다면 그 눈을

'깨다르미'의 눈이라고 볼 수 있을까?

옛 먹어!

여든 살 늙은이 조주의 하루살이

조주는 절집을 놀이터로 바꾼 사람이다.
찾아오는 사람들을 놀리고 함께 놀았다. 그러지 않았으면
아무도 그 쓰러져 가는 절집을 거들떠보지 않았을 게다.

내 고향 사람들은 건망증이 심하다는 말을 '잊음이 많다'고 한다. 나는 어렸을 적부터 잊음이 많기로 이름이 났다. 잊어서는 안 될 일도 깜빡깜빡해서 야단맞은 일도 많고, 미덥지 않은 녀석이라는 핀잔도 여러 차례 들었다. 안 잊으려고 손바닥에 철필로 거의 피가 맺히도록 긁어서 적어 놓아도, 손 씻고 나면 거기에 무얼 적었는지조차 가물가물할 때가 많았다. 이쯤 되면 치매라고 불려도 좋겠다. 엎친 데 덮친다고 이 선천성 치매에 알코올성 치매와 노인성 치매가 보태졌다. 자꾸자꾸 잊는다. 머릿속에 남아나는 게 없다. 그러니 이제부터 하는 말도 책에 적힌 글과는 생판 다를 수도 있다.

「선문염송」이나 「벽암록」 따위를 들추어보면 조주라는 이름이 자주 나온다. 내가 알기로 조주는 열일곱 살에 남전을 찾아간다. 그리고 남전을 마흔 해쯤 모신다. 스승과 제자 사이였으니 겉으로는 모셨겠지만 어느 때부터는 흉허물 없는 언니 아우나 길벗으로 지냈겠지. 남전이 저승길로 떠난 뒤에 조주는 그 무덤자리를 세 해 동안 지켰다고 한다. 조주가 홀가분하게 떠돌이로 나섰을 때는 나이 예순이 넘었다. 그 뒤로 스무 해 동안 길 위에서 산다. 그야말로 길손이고 나그네다. 조금 멋진 양말(서구언어西歐言語)로 하면 호모 비아토르Homo Viator라고나 할까. 나이 여든이 되어서야 다 쓰러져 가는 조그마한 절집에 들어 주지살이를 시작한다.

조주 꼴이 이렇다. 머리가 가려워서 긁으면 비듬이 우수수 떨어지는데 거짓말 좀 보태서 서 말쯤 앞에 쌓인다. 옷은 더 말할 나위 없어 거지 가운데 상거지 꼴이고, 다 낡아 모서리가 모지라지고 군데군데 흙바닥이 고스란히 드러나 있는 돗자리가 깔린 방에는 변변한 이부자리도 없다. 어쩌다 코빼기를 내미는 마을 어중이떠중이는 모처럼 절집 찾아왔는데 차 한 잔도 내놓지 않는다고 투덜거린다. 탁발을 나서면 좁쌀 한 움큼 내놓으면서 생색이 이만저만이 아니다. '아까운 양식인데, 길 닦음(수도)이나 부지런히 하슈.' 풀이 무성한 절집 마당에는 마을 사람들이 소를 풀어 놓아 소똥이 한가득인데, 정작 밭갈이 하겠다고 소를 빌려 달라면 두 손을 홰홰 젓는다. 가끔 머리 깎은 지 얼마 안 되는 젊은 중들이 지나는 길에 들렀다가 시건방만 잔뜩 떨고 휑하니 떠나버린다.

조주가 '하루 열두 때 노래(십이시가十二時歌)'에 풀어놓은 넋두리가 이와 같았다. 이 소리를 보고(관음觀音) 처음 들었던 생각은 '그래그래, 중도 다 늙어빠져 뒷바라지해 줄 사람이 없으면 그냥 이 꼴이지. 그러게 따까리 노릇할 상좌 한 놈 제대로 골라야 하겠다고 눈에 불을 켤 수밖에'였다. 그런데, 알고 보니 이 삐딱한 곁눈질은 빗나가도 한참 빗나갔다. 나 보기에 이것은 선불교 역사에서 앞에도 없었고 뒤에도 없을 '깨달음의 노래(오도송悟道頌)'이다. 여든이 넘어서야 조주는 저를 제대로 보고 이웃을 있는 그대로 본 것이다. 그 뒤로 조주는 마흔 해를 더 산다. 나는 선禪의 역사 여기저기서 불쑥불쑥 고개를 내미는 조주의 말모음(어록) 은 거의 모두가 여든 넘은 늙은이의 입에서 나왔다고 본다.

손발놀림과 몸놀림은 실은 젊은이들 몫이다. 부지런히 손발 놀리고 몸 놀려서 먹을 것 입을 것 잠자리를 마련해야 한다. 밭머리에서 땡볕에 김을 매면서 입을 놀리는 일은 없다. 콩싹에게 잘 자라라고 말로 부추긴다고 해서 콩잎이 힘을 얻는 것도 아니고,

같이 자라는 풀들에게 싫은 소리를 한다고 해서 움츠러들지도 않는다. 몸으로 때우는 수밖에 없다. 부지런히 손발 놀리고 몸 놀린다는 말은 딴 말이 아니다. 열심히 일한다는 말이다. 보짱(백장百丈)이 '하루 짓지 않으면 하루 먹지 말라(일일부작 일일불식一日不作 一日不食)'고 한 말 그저 한 말이 아니다. '참선과 농사가 한 몸이다(선농일체禪農一体)'라는 말도 그저 나온 게 아니다. 내가 알기로 보짱은 '입 닥치고 몸 놀려라'라고 다그쳤다. 이것이 묵언수행黙言修行의 지름길이라고 가르쳤다.

일과 놀이는 둘이 아니다. 손발 놀리고 몸 놀린다는 말은 손발과 몸을 놀게 한다는 말이다. 똬리 틀고 마냥 쉬게 한다는 뜻이 아니다. 학교 교실에서 학생들이 하고 있는 짓을 봐라. 업 닦음(수업修業)인지 업 받음(수업受業)인지를 한답시고 여섯 해, 아홉 해, 열두 해, 때로는 스무 해가 넘도록 움쩍달싹 않고 손발 놓고 몸 놓고 넋 놓고 앉아 있다. 입 다물고(묵언) 몸 닦고(수행) 있다. 마침내 어떻게 되는가. 사람 꼴을 한 강시나 좀비가 된다. 마냥 쉬어서 쉬어 버린다. 몸에서도 넋에서도 쉰내가 물씬 난다. 그야말로 몸에도 손발에도 얼에도 쉬가 슨다.

그런데 이 짓을 죽을 때까지 놓지 못하는 이들이 있다. 배운 사람(학자, 지식인)들이 그렇고 스님들 가운데도 그런 이들이 없지 않다. 머리 굴리다 보면 알음알이(지지知知)들이 생겨난다. 나중에는 고의적삼에 쉬슬린 듯이 머릿속에 그 알음알이들이 득시글거린다. 그걸 뱉어 놓은 것이 경전經典 행세를 한다. 몸 놀리고 손발 놀리는 이들은 이 거룩한 말씀들은 읽을 겨를도 귀담아들을 틈도 없다. '한마디로 뭉뚱그려 줘유. 살아서는 이 뭣 같은 세상 벗어날 수 없으니까 죽어서라도 좋은 데 갈 길 일러줘유.' 그래서 일러주는 말이 '나무아미타불 관세음보살'이 아니던가.

선문답이 무언가. 입놀림으로 대거리하는 짓이다. 조주는 여든 늙은이가 될 때까지 몸 놀리고 손발 놀렸다. 그 뒤로도 그렇게 살려고 애썼다. 보짱도 마찬가지다. 늙은이가 밭머리에 엎드리는 게 딱해서 곁에 있던 제자라는 것들이 호미를 감추어버리자 '먹지 말라는 말이지?' 하면서 굶음으로써 꾸짖었다는 말이 있지 않은가. 지금 시골에서 밭머리에 엎드려 있는 이들은 늙은이들밖에 없다. 거개가 여든 가깝거나 넘은 늙은이들이다. 따지고 보면 이 이들은 몸 놀리는 일은 쉬고 입을 놀려야 할 나이이다. 그러나 이 살아 있는 보짱들을 찾는 이들이 없다. 젊은 것들은 죄다 도시에 몰려 입만 놀리고 살 길을 찾는다. 뭇산이(중생)들의 노는 꼴이 이렇다.

입놀림이라는 게 뭔가. 입으로 놀고 입으로 놀린다는 말이다. 일 배움은 놀이터에서 생겨난다. 아이들은 놀이터에서 마음껏 손발 놀리고 몸 놀리면서 저절로 일할 힘을 기르고 일을 배운다. (본디 놀이터는 도시 구석구석에 쑤셔 박혀 있는 좁디좁은 빈터가 아니다. 산과 들, 바다와 시냇가가 모두 놀이터이자 일터이다.) 내 생각에 조주는 절집을 놀이터로 바꾼 사람이다. 조주는 찾아오는 사람들을 놀리고 함께 놀았다. 그러지 않았으면 아무도 그 쓰러져 가는 절집을 거들떠보지 않았을 게다. 누가 와서 묻는다. "부처가 뭐에요?" "똥 치우는 막대기여." "저 뜰 앞에 잣나무 보이지? 그게 부처여." 일껏 먼 길 찾아와서 묻는데, 엉뚱한 말을 내뱉는다. 우스갯소리다. 속으로는 이렇게 웅얼거렸을 수도 있겠다. '니 스스로 니 힘으로 찾아야 니 부처지, 내가 덥석 안겨 준다고 니 부처 되냐. 그건 남의 부처여. 똥 친 막대기만도 못해'. 그래도 그렇게 말하지 않는다. 그렇게 말해서 단박에 알아챌 됨됨이라면 산 넘고 물 건너오지도 않았겠지. 입에서 입으로 귀에서 귀로 말이 옮는다. "어느 집에 갔더니 늙어 꼬부라진 중이 있는데 입놀림이 재미있어. 입씨름도 여간이 아녀."

입씨름은 놀이다. 씨름판이 벌어지면 사람들이 모인다. 입씨름도 씨름이니까 힘겨루기가 끼어든다. 그냥 우스갯소리로 들려도 주고받는 말에 가시가 돋쳐 있기도 하고, 코웃음이 섞여 있기도 하고, 혀끝으로 치고받기도 한다. 사람 사는 데라면 언제 어디서라도 입씨름이 벌어지고 말다툼이 일어난다. 놀이판이 벌어지면 판돈이 오간다. 판돈은 목숨일 수도 있으나 섬김과 우러름일 수도 있다. 조주는 백 년이 넘게 이 놀이터, 노름판에서 굴러먹은 사람이다. 내 생각은 그렇다. 여우도 백 년 묵으면 사람 간을 뺀다. 꾸역꾸역 몰려드는 사람들은 넋 놓고 있다가 속을 털리고 얼간이가 된다. 그렇게 조주는 뭇사람 놀리면서, 같이 놀면서 오래 오래 살았다. 그리고 잘 놀다 갔다.

이것이 조주의 '하루 열두 때 노래'에 담겨 있다고 하면? 내가 조주를 놀리는 말이다. 얼굴 붉힐 까닭이 없다. 우스개로 듣고 한 귀로 흘리면 그만이다.

해마다 부처님 온 날이 되면 놀이꽃이 핀다. 종이 연꽃만 피어나는 게 아니다. 춤판도 벌어지고 노래판도 곁들여진다. 야단법석이다. 절집에서도 벌어지고, 저잣거리에서도 일어난다. 좋은 날, 좋은 일이다. 내가 앞서 이미 말했던가. 좋다는 말은 정淨, 청淸, 결潔을 옮긴 우리말이라고. 깨끗하다는 말과 같은 말이라고. 놀이의 마무리는 웃음판이 되어야 한다. 여기저기서 환한 웃음꽃이 피어나지 않는다면, 그렇게 해서 마음이 맑아지지 않으면 아무리 많은 종이 연꽃이 하늘을 덮어도 그 판은 난장판이다.

올해는 봄비가 잦아서 양파와 마늘이 땅 속에서 문드러지고 있다. 하늘이 시키는 일이니 누구를 탓할 일이 못된다. 그러나 절집에서나 교실에서 제대로 입 놀리지 못하고 몸 놀리지 못해 속이 문드러지고 손발이 썩어 가는 꼴은 안 보았으면 좋겠다.

운수행각,
멋지다

「유리구슬 놀이」를 쓴 헤르만 헤세는
아주 젊었을 때 구름을 나만큼 사랑한 사람 있으면 나와 보라고
으스댔지만, 그건 헛소리다.

중들이 발길 닿는 대로 정처 없이 떠도는 것을 운수행각雲水行脚이라 한다. 구름처럼 떠다니다 물처럼 흐르는 발걸음, 얼마나 멋진가. 구름은 떠다니다 빗방울로 후드득 떨어져 내려 가뭄에 목 타는 곡식이나 남새에 생기를 북돋아 주기도 하고, 바람 타고 재를 넘어 눈발로 흩날리기도 한다. 물은 땅에 몸 붙이고 아래로 아래로 흐르면서 흙을 적셔 온갖 풀과 나무를 살리기도 하고, 사람 목을 타고 흘러들어 몸 안 구석구석을 씻어내기도 하고, 실핏줄 끝까지 피톨을 나르기도 한다. 그러니 운수행각은 그 자체로 보살행이다.

운수행각을 하는 스님들은 한자리에 이틀을 머물지 말라는 말

을 되새기며 낯선 길을 걷는다. 길들지 않으려는 뜻에서이다. 길든다, 길에 든다, 남이 닦아 놓은 길을 힘들이지 않고 걷는다. 그러는 사이에 의식은 잠이 들고 손놀림, 발놀림은 자동화된다. 낯익은 길은 새 길이 아니다. 그 길을 걷다 보면 허수아비가 된다. 득도得道, 길을 얻는다는 것이 목적인 이들은 수도修道, 길을 닦아야 한다. 제 발로 새 길을 내야 한다. 그 길은 눈 덮인 설산으로 이어지기도 하고, 드디어 바다에 아로새겨진 달맞이 하산 길에 이르기도 한다. 따지고 보면 한 길인데, 살 길 찾아 죽을 길로 들어서기도 한다. 그 길은 혜초가 걸었던 왕오천축, 가도 가도 끝이 없고, 빛바랜 낙타와 사람 뼈가 하얗게 흩어진 사막 길이기도 하고, 독재의 어둠을 제 몸 불살라 밝힌 베트남 승려들의 소신공양 빛길이기도 하다.

머리 깎은 이들만 발길 닿는 대로 낯선 길 걷는 게 아니다. 머리 검은 어중이떠중이들도 이리저리 떠돌기는 마찬가지이다. 내 나이 서른 가까울 무렵에 울진 불영사를 찾아간 적이 있다. 같은 학교 종교학과를 나온 선배 한 분이 불영사로 오라고 연락을 해와서 기차 타고 버스 타고 그 먼 길을 걷고 걸어 찾아갔다. 함께 대불련(대학생불교연합회) 활동도 하고, 조그마한 몸집으로 자기보다 덩치가 두 배도 넘는 씨름꾼을 들배지기로 보기 좋게 넘기는 솜씨에 반하기도 해서 마음속으로 좋아하던 선배였다. 가 보니 불영사는 조그맣지만 깨끗한 절이었다. 불영 계곡을 감돌아 흐르는 물빛도 고왔다. 쭈뼛쭈뼛 절집 마당에서 서성거리는 나를 어느 비구니 스님이 맞았다. 나중에 알고 보니 일휴 스님이었다. 선배는 그 절에서 몸을 추스르며 여러 달째 머물고 있던 참이었다.

'여시아문如是我聞', '나는 이렇게 들었다'. 금강경에서 가장 귀담아들을 만한 말을 나한테 고르라면 이 말을 들겠다. 나는 며칠 지내면서 허물이 없어진 일휴 스님에게서 이렇게 들었다. 비구니 스님이 사는 절이어서 얕잡아 보여 그런지는 모르겠으되, 가끔 중 옷차림을 한 머리 깎은 사내들이 찾아와 이리 기웃 저리 기웃하는데, 그들이 다녀간 뒤로 어떤 때는 대웅전 벽에 걸린 탱화가 사라지기도 하고, 또 어떤 때는 관음전이나 산신각의 목각 인형이 없어지기도 한다는 것이다. 추사 글씨를 새겼다는 현판도 언제 떼어갈지 모르겠다는 푸념 끝에 춘성 스님 이야기가 나왔다.

예산 수덕사에서 비구니 스님 살해 사건이 일어나 세상이 떠들썩한 적이 있었단다. 바로 그 일이 있기 얼마 앞서서 수덕사에 들른 춘성 노장이 "이 절에서 심상찮은 일이 생길 듯한데, 누가 찾아와 무얼 내놓으라 하면 그것이 무엇이든 아낄 생각 말고 다 내주어라" 한마디 이르고 훌쩍 떠났다는 것이다. 그리고 얼마 뒤에 그런 일이 일어났으니, 일휴 스님을 비롯해 여러 비구니 스님들이 떼를 지어 도봉산 자락에 있는 망월사로 찾아갔다. "스님은 미리 알고 계셨으면서 왜 제대로 일러주지 않아 이런 참변을 겪게 하셨단 말입니까" 하고 원망을 늘어놓았더니, 춘성 가라사대, "이년들아, 그러게 내가 다 주어버리라고 했잖아. 죽으면 썩을 몸인데, 살보시도 보시인데, 그게 아까워서 몸 사리다 죽은 년, 날더러 어쩌라고!". 춘성다운 말이었다. 왜놈 순사에게 끌려가 취조받을 때 "본적이 어디야?" "울 아부지 좆대가리." "아니, 이 중놈 농담 따먹기 하나. 다시 말해!" "그래도 못 알아들었으면, 울 엄마 보지"라고 대거리했다던 만공 스님의 법제자다웠다는 말이 아직까지 전설이 되어 떠돈다. 그때 일휴 스님 세속 나이가 쉰이 넘었을 테니, 아직 살아계시면 백 살이 넘었거나 가깝겠지.

춘성 노장은 걸림이 없어서 승복 입고 머리 기른 처사 노릇도 하고, 머리 깎은 하이칼라 양복쟁이로 종로 거리에서 운수행각을 하기도 했는데, 언젠가 한겨울에 홀랑 벗고 속옷 바람으로 망월사까지 뛰어왔다. 그 꼴을 망측하게 여긴 어느 보살이 물었다. "아니, 스님 옷 어쩌셨어요?" "언 년이 애 데리고 떨고 있어서 벗어주고 왔다."

어느 갸륵한 일본 스님이 운수행각을 하면서 손에 빗자루를 들고 나섰단다. 무심히 발에 밟혀 목숨 잃을 버러지들이 안쓰러워서 길을 쓸고 나서야 걸음을 옮겼다나. 그 자비행을 기리는 시러베아들 놈이 있어서 나도 한마디. "아, 빗자루질에 몸 다치고 뒈지는 것들이 더 많이 생겨. 그게 무슨 자비고 보살행이야. 얼이 썩은 놈들이나 하는 짓이지."

햇살이 이명박근혜, 소선, 진숙 보살 등을 가려 쪼이더냐. 바람이 부처님, 마군 콧구멍 가려 드나들더냐. 사발에 담긴 물, 니 목구멍 내 목구멍 따로 가려 넘어가더냐. 니가 내디디는 발걸음 고마워하고 니 원수가 내디디는 발걸음 내치는 땅 따로 있더냐. 구름처럼 빈 하늘 떠돌고 물처럼 아래로 아래로 내닫는 발끝에 무엇이 어떻게 닿더냐.

「유리구슬 놀이」를 쓴 헤르만 헤세는 아주 젊었을 때 구름을 나만큼 사랑한 사람 있으면 나와 보라고 으스댔지만, 그건 헛소리다. 이 사람이 '방랑'이라 부르는 운수행각을 할 적에, 구름은 그이의 삶에 바로 잇닿인 게 없었다. 그저 보고 즐겼을 뿐이다.

그이가 고타마 싯다르타의 삶을 그렸을 때 그이의 머리와 가슴에 출렁이며 흐르던 강물도 크게 다르지 않았다. 그저 생각 놀이, 관념의 유희였을 따름이다. 밭머리, 논두렁에서 바장이는 농사꾼들의 '구름 물 따라 걷기'는 다르다. 농사꾼들은 밤낮 없이 하늘을 본다. 눈부신 햇살을 사랑해서, 밤이면 촘촘히 돋아나는 별빛이 아름다워서라기보다는, 구름을 살피려고 본다. 그 구름 속에 비로 쏟아질 물이 담겼는지 아닌지, 담겼으면 얼마나 담겼을지,

때 맞춰 내릴지, 너무 때 이르게, 또는 때 늦게 내릴지, 궁금해서, 때로는 애타는 마음으로, 때로는 걱정스럽게 쳐다본다. 하루 열두 때, 한 달 서른 날, 한 해 열두 달 삼백육십오 일이 다 다르다. 농사꾼의 삶에서 하루도 같은 날은 없다. '네가 머문 그 자리에서 운수행각을 해라'라는 말을 '하루 짓지 않으면 하루 먹지 마라'로 보짱(백장百丈)이 바꾸어 말한 것이라면?

세상살이가 이 모양, 이 꼴이어서는 부처가 꿈꾸던 중생 구제, 뭇산이 살림은 없다. 아비 좆대가리, 어미 보지구멍을 떠나서, 어버이들 살기에 앞서, 곧 '부모미생전'에 눈길을 돌려야 한다. 부처가 이르던 말이 그 말 아니었던가? 네 가지 큰 것(사대四大), 땅, 물, 불(해), 바람은 그저 산 것을 감싸는 버무림이 아니다. 이미 그것대로 살아 있다.

우리 옛 분들은 불을 장작불, 연탄불, 전깃불 같은 물질 현상으로만 보지 않았다. 불알, 불두덩, 불꽃(거웃) 같은 말을 눈여겨봐라. '불을 뿜는다'는 말도 허투루 듣지 마라. 불은 수컷의 거시기를 가리키는 말이기도 하다. 유식한 말로 하자면 옛 사람들에게 불은 생식의 원천, 생명의 원천으로 여겨졌다. 하늘에서 쏟아지는 불볕더위는 불을 내뿜는 좆대가리와 둘이 아니었다. 몸이 불타오른다는 말도 빈말이 아니었다. 흙도 바람도, 물도 마찬가지이다.

그런데 세상은 어떻게 돌아가는가. 이 네 가지 다른 모습으로 드러나는 큰산이(크게 살아 있는 이)들을 죄다 죽여 버렸다. 물질로 바꾸어 버렸다. 본받을 게 없는, 아무 것도 아닌 것으로 바꿔쳤다. 그리고 요즘 사람들은 심지어 부처를 따르고 부처가 되겠다는 이들도 이 큰산이들을 헛것으로 여긴다. 이래서야 사람 탈 쓰고 삼천대천세계를 누비고 다닌다고 해도 제대로 된 운수행각이 아니다. 그야말로 '구름에 달 가듯이 가는 나그네'일 뿐이다.

무상정등정각, 더할 나위 없이 바로 고르고 바로 깨우친 이들의 참모습을 제대로 보려거든 농사꾼의 눈으로 구름을 봐라. 물을 보고, 바람을 보고, 햇살을, 불을, 사타구니를 봐라. 고루 비추고, 동서남북 가리지 않고 불어 꽃가루 날리고, 거기에 자리 잡고 자라는 것들 두루 살리고, 아래로 아래로 흐르면서 닿는 곳마다 움 돋우는, 불과 바람, 땅과 물을 부처님 보듯이 봐라. 불벼락이 되고, 어둠을 몰아내는 바람이 되고, 저 밑바닥에서 사납게 물결치는 바다가 되고, 이 헐벗고 굶주리는 땅을 불국토로 만드는 것, 그것이 바로 제대로 된 운수행각이 아니겠는가.

개똥이 말똥이 말도 귀담아듣자

애닳아서 아픔을 견딜 수 없는 뭇산이들이 이리저리 눈길을 돌려 기댈 데를 찾으면 선뜻 나서 주는 이가 머리 깎은 이들 가운데 몇이나 될까. '마음은 맨 먼저 아픈 데에 간다'는 말은 도법 스님이 일깨워 준 말이다. 두고두고 마음에 새길 말이다.

훈민정음을 창제하고 불경을 언해하는 일에서 신미 대사가 어떤 몫을 했는지에 대한 논의가 첫 발자국을 떼었다. 바람직한 일이다. 이 말 밥의 첫술을 뜬 이는 박해진 씨로 알려져 있다. 이 분은 열두 해에 걸쳐 신미 스님의 발자취를 뒤좇았다 한다. 그렇게 해서 그동안 나고 죽은 때를 알 수 없었던 신미 대사가 김수온의 맏형으로서 세속 이름이 김수성이고 1403년에 태어났다는 사실이 드러나고, 머리를 깎기 전에 집현전에서 일했다는 자취도 밝혀졌다. 오랫동안 알려져 있지 않던 신미의 행적이 뒤늦게나마 이렇게 알려지게 된 데에는 누구보다 박해진 씨의 공이 더 크다.

내가 이 자리에서 살펴보려는 것은 훈민정음 창제에서 신미가 맡았던 일이 무엇이었는지가 아니다. 신미는 세조 10년(1464년)에 간행된 「선종영가집 언해」의 발문에 아래와 같이 쓴다.

"이 일(깨우침을 얻음)은 몸(체體)이 치우치거나 두렷이 아우름을 그치며 모습이 바르고 굽음을 여의어, 있는 데마다 밝디 밝되 보아도 보지 못하며, 날마다 쓰고 있으나 그 쓰임을 애써도 얻을 길이 없다. 그 뜻을 잃으면 아무리 오래 힘겹게 닦아도 제자리걸음일 뿐이나, 그 실마리를 얻으면 하루아침에 여러 부처들과 하나가 된다. 영가 대사께서 조계에서 하룻밤을 머물며 홀로 숨은 뜻을 이어받으시고, 이 뜻을 뭇산이(중생)의 마음에 널리 새기려고 하시어, 열 토막 글로 나타내기 힘겨운 결을 드러내시며 부처님 살아계실 때의 가르침을 손에 쥐기 쉬운 말로 다 잡아 내셨으니, 이제 우리 임금께서 하늘이 내리신 말과 슬기로 힘써 좋게 좋게 달래심을 내리시어, 온갖 일 하시는 겨를을 타서 귀머거리와 장님까지도 귀와 눈을 열어 밝게 (듣고 보게) 하시려고 이 선종의 경전에 몸소 입겿(구결口訣)을 달아, 선비들에게 이르시고 머리 깎은 사람들을 불러모아 일일이 말로 아로새기고 널판에 새겨 퍼뜨리게 하시니, 한갓 참선하는 형제들로 하여금 말을 듣고 글을 알고, 글을 보고 뜻을 얻게 할 뿐 아니라, 홍정바치(거간꾼)

와 동자아치(부엌 아주머니)들까지 모두 부처님과 큰스님들의 뜻을 얻어들을 수 있게 하셨다."

신미 대사는 조선조 세종에서 세조 때까지 살면서 불경 언해에 앞장선 선승이다. 법주사에서 머리를 깎고, 사미승 시절에 수미守眉와 함께 대장경을 읽고 율을 익혔다. 그런 다음 세종 말년에 왕을 도와 여러 불사를 일으켰고, 궁궐 안에 내원당을 짓고 설법을 하는 등 불법을 널리 퍼뜨리는 데에 앞장섰다 한다. 세종의 뒤를 이은 문종은 아버지의 뜻을 이어받아 그이를 '선교 도총섭'에 임명했는데, 이 지위는 고려시대 왕사나 국사에 맞먹는다 한다. 신미는 왕의 힘에 기대 간경도감을 세우게 하고 훈민정음을 널리 알리려는 뜻으로, 「법화경」, 「반야심경」, 「선종영가집」 등 불교 관련 책들을 언해하였다. 세조도 그이에게 크게 기대어 상원사 다시 세우기에 맞장구를 치고, 몸소 '오대산 상원사 중창 권선문'을 쓰기까지 했다 한다. 죽은 뒤에는 세종의 유언에 따라 '우국이세 혜각 존자祐國利世 慧覺尊子'라는 시호를 받았다. (신미에 대해서 더 꼼꼼히 알고 싶은 사람은 박해진의 「훈민정음의 길 - 혜각 존자 신미 평전」을 읽으시라.)

불경을 비롯하여 이런저런 책들을 훈민정음(한글)으로 말풀이(언해)하고, 그렇게 해서 우리말 우리글을 널리 퍼뜨리는 데에 집

현전 학자들이나 이른바 사대부 출신의 유학자들이 큰 도움이 안 되었을 것은 불 보듯이 환한 일이다. 이 사람들은 사는 곳이 한양 땅인 데다가, 어려서부터 머리털이 희어지도록 압록강을 건너온 한자에만 코를 박고 있어서, 백성들 사이에서 서로 주고받는 입말을 제대로 알 턱이 없었다. (이 점에서는 학자나 대학 교수 같은 요즈음 먹물들도 도긴개긴이다.) 조선시대 중들은 조금 달랐다. 도성(서울 땅) 사대문 안에 들어서는 것조차 마음대로 할 수 없었을 만큼 사람 대접을 못 받았을뿐더러, 절집을 옮겨 다니느라 조선 팔도 안 가 본 곳이 없을 만큼 여러 지역을 떠돌아 각 지방 사투리(지역 표준말)가 귀에 익었을 것이고, 탁발을 하러 이 집 저 집 기웃거리고, '하화중생'을 하느라고 이 사람 저 사람과 말문을 텄을 터이니, 저절로 뭇산이들의 말투를 익혔을 것이다. 그 증거가 있다. 똑같이 중 노릇을 했다지만, 효령 대군은 「선종영가집 언해」에 발문을 썼는데 토 단 것만 빼고는 우리 입말을 눈 씻고 찾아봐도 보이지 않는다. 그도 그럴 것이 구중 궁궐 안에서 어렸을 때부터 익힌 말이라고는 왕자의 교육을 맡은 선생들 입에서 나오는 한자어밖에 없었을 테니, 그 한자어에 해당하는 우리말에는 까막눈이 될 수밖에 없었을 터였다. 그와는 달리 신미가 쓴 글에는 입겻(구결), 겨를, 홍정바치, 동자아치 같은 토박이말이 줄을 잇는다.

그러나 '언해'가 제 꼴을 갖춘 데에는 그 일에 머리를 맞댄 중들만이 앞장섰다고만 보기는 힘들다. 「금강경 언해」에도, 「선종영가집 언해」에도 중들 이름이 여럿 나온다. 혜원, 도연, 계연, 신지, 도성, 각주, 효령 대군, 해초, 홍일, 명신, 연희, 정심, 효은, 혜통…. 이 사람들이 언해 작업에 큰 몫을 한 것은 틀림없다. 그러나 따지고 보면 이 사람들도 먹물은 먹물이다. 신미가 먹물 중의 먹물이었음은 이미 밝혀졌다. 신미를 둘러싼 그 밖의 중들은 어떠했을까? 앞서 이야기했듯이 이이들은 비록 먹물 출신이었더라도 '중생 구제'의 뜻이 있었을 터이니, 그리고 그이들이 만나는 중생들은 거의 다 까막눈이 무지렁이였을 테니, 반거충이쯤은 됐겠다.

그런데 「금강경 언해」를 살펴보면 그 안에 낯선 이름들, 그러나 못 배운 뭇산이 귀에는 조금도 낯설지 않은 이름들이 여럿 숨어 있다. 조 씨(이름이 없다), 장말동(말똥이), 장종손(종손이), 최순동(순둥이), 김금음(그믐이), 진개종(개똥이), 양수(양쇠), 허맹손(맹손이), 김선(김아무개)…. 이 사람들이 한자말을 언문(우리말글)으로 옮기고, 번역된 글을 소리 내어 읽으면서 뜻을 새긴 것이다.

신미가 쓴 발문 가운데 눈여겨볼 말이 몇 마디 있다. '귀머거리와 장님까지도 귀와 눈을 열어 밝게 (듣고 보게) 하시려고', '홍정바치와 동자아치들까지 모두 부처님과 큰스님들의 뜻을 얻어들을 수 있게'. 어디서 본 듯한 글, 들은 듯한 말 아닌가? 그렇다. 「어제훈민정음 해례본」에 나오는 말이다. '어린 백성이 이르고자 할

바 있어도 털어놓고 말 못하는 사람이 많은지라', '내 이를 어엿비(가엾게) 여겨'. 세종 임금의 두루뭉술한 말을 신미가 손에 조금 더 잘 잡히게 했을 뿐이다.

도법 스님 방에 불한당(불교 경전을 한글로 옮기는 무리) 당원들이 모여 의상의 '법성게'나 원효의 「화엄경종요」, 보조의 「수심결」 같은 우리 옛 큰스님들이 쓴 글들을 우리말로 바꾸어 보자고 애쓴 데에는 다른 까닭이 없다. (그 첫 열매인 '법성게' 우리말 풀이가 「스님과 철학자」란 제목으로 나왔다. 아쉬운 것은 그 무리 가운데 먹물은 많았으나 딱 한 사람만 빼고 개똥이 말똥이가 없어서 번듯한 우리말로 옮기는 일에 어려움이 따랐다는 점이다.)

해가 갈수록 교양 있고 유식한 스님들이 늘고 있다. 어제오늘 일이 아니다. 그 낌새는 군국주의 일본이 이 나라를 짓밟은 뒤로, 그 나라에서 그 나라 말로 번역된 불교 용어들이 우리말 탈을 쓴 채 하나둘 스며들고, 버젓하게 우리말 행세를 하던 식민지 시절부터 엿보였다. 그 뒤로 더 많은 납자가 물 건너갔다 돌아왔다. 그리고 여기저기 많은 글을 쓰고 있다. 그런데 그이들이 쓰는 글들이 점점 더 어려워지고 있다. 끼리끼리 모여서 학회도 열고 이런저런 모임도 갖지만, 거기에서 주고받는 말들이 심오한 듯하나 불교 소양이 없는 개똥이 말똥이들에게는 눈에 설고 귀에 선 전문용어투성이다.

하화중생을 하려면 중들이 다시 저잣거리에 나서야 한다. 비렁뱅이가 되어 이 집 저 집 들락날락하면서 탁발을 하거나, 팔 걷어붙이고 막일하는 사람들과 일손을 나누어야 한다. 이미 '양중(기독교 수사)' 가운데는 가사 장삼 버리고 작업복으로 갈아입은 채 막일꾼으로 사는 사람도 적지 않다. 아, 애달프다. '애달프다'는 말 뜻도 모르는 이들이 너무 많아 더더욱 애달프다. 애쓴다, 애탄다, 애가 끓는다, 애가 터진다라는 말을 모르는 사람은 없겠지. 이순신이 읊었다는 '남의 애를 끊나니'라는 시조를 한번쯤 안 들어 본 사람도 없겠지. (애는 한자어로 창자, 내장이다.) 그러나 '애닳브다(애가 닳는 것 같다.)'에서 '애달프다'가 나왔다는 것을 아는 사람은 흔치 않으리라. 애닳아서 아픔을 견딜 수 없는 뭇산이들이 이리저리 눈길을 돌려 기댈 데를 찾으면 선뜻 나서 주는 이가 머리 깎은 이들 가운데 몇이나 될까. '마음은 맨 먼저 아픈 데에 간다'는 말은 도법 스님이 일깨워 준 말이다. 두고두고 마음에 새길 말이다.

몸 앓이, 가슴앓이로 몸살을 앓고 있는 개똥이 말똥이들의 신음 소리를 귓전으로 흘려듣는 마음공부를 어디에다 쓸까.

말이 너무 어려웠나. 너무 앞섰나.

'없는 놈'이 되는 공부

없는 것이 있는 한편에는 반드시 없을 것, 없어야 하는 것, 남아도는 것, 군더더기, 쓰레기더미가 쌓여 있기 마련이다. 있을 것이 없고, 없을 것이 있는 세상은 나쁜 세상이다. 마음공부는 이런 세상을 바로잡아 '있을 것만 있고, 없을 것은 없는 세상', 미륵 세상으로 바꾸자는 뜻에서 하는 게 아니던가.

마음 하나 잘 먹으면 개돼지가 부처 되기도 하고, 마음 한 번 잘 못 쓰면 부처가 개돼지 되기도 한다. 마음으로 곱씹고, 마음에 담아둔 것은 밖으로 드러내도 속으로 감추어도 맛으로 치면 한맛이다. 원효가 말한 한마음(일심一心), 한맛(일미一味)이다. 몰록 깨치고(돈오), 후딱 닦음(돈수)도 마음이 서둘러서 하는 짓이고, 차츰 깨닫고(점오), 찬찬히 닦음(점수)도 마음에서 일어나는 일이다.

말머리(화두)를 드는 놈도 마음이고, 입 다물고 들여다보는 것(묵조)도 마음이다. 마음자리가 어떤지, 그 놈이 무슨 짓을 하고 다니는지는 저마다 다르다. 석가 마음 다르고, 달마 마음 다르고,

사복이(새벽, 원효) 마음 다르다. 말도 다르고 뜻도 다르다. 그러니 중 셋이 한자리에 모여 깃발이 움직이네(기동旗動), 바람이 움직이네(풍동風動), 마음이 움직이네(심동心動), 하고 떠들어댄 것을 귀동냥삼아 듣고 '이 뭣고(시심마)' 하고 파고들어도, 그것을 말머리로 붙들고 늘어져도 공부는 물건너간다. 우리 마음이 입을 거쳐 밖으로 드러날 때는 석가모니 부처나 육조 혜능이 제나라 말로 내뱉은 말과 생판 다른 소리로 그 모습을 드러내기 때문이다.

마음의 창이라고 부르는 우리네 눈이 보는 깃발은 움직이지 않는다. '나부낀다'. 바람도 움직이지 않는다. '분다'. 마음도 마찬가지다. 가끔 동動하기는 하지만 어쩌다 그럴 뿐이고 그 움직임은 깃발이나 바람의 움직임과는 생판 다르다. 굳이 깃발이나 바람 비슷하게 움직인다고 끌어다 붙일 때 그냥 '흔들린다'고 한다. 중국말 '동動'은 쓰임새가 여럿이어서 여기에 갖다 붙여도 저기에 갖다 붙여도 그때마다 글자는 하나이되 뜻과 느낌이 달라진다. 그러니까 '동'이라는 말은 그때 그때 나부낀다, 분다, 흔들린다는 뜻으로 바뀐다. 마음 심心 자도 마찬가지다. 원효가 '일심一心', '일념一念'이라고 한 말을 한자漢字에만 매달려 들여다보면, 그것을 말로 파고들든(간화), 입 닥치고 들여다보든(묵조), 거기서 거기고 도긴개긴이다.

우리말인 마음(心, 念)이 어떻게 쓰이는지 머리에 떠오르는 대로 이 자리에 옮겨보기로 하자.

마음을 쓴다, 마음이 쓰인다, 마음을 놓는다, 마음이 놓인다,
마음이 가라앉는다, 마음이 들뜬다,
마음이 내킨다, 마음이 안 내킨다,
마음이 상한다, 마음이 아프다, 마음이 풀린다,
마음이 좋다, 마음이 나쁘다, 마음이 착하다,
마음에 든다, 마음 밖에 난다, 마음을 어루만진다,
마음을 다친다, 마음이 밝아진다, 마음이 어두워진다,
(할) 마음이 있다, (할) 마음이 없다,
마음이 떠난다, 마음이 돌아선다,
(할) 마음이 솟구친다, (할) 마음이 사라진다,
마음이 곱다, 마음이 꼬부라졌다, 마음이 뒤틀린다,
마음 차려라, 마음이 어지럽다, 마음이 흩어진다,
마음 모아 한 마음으로,
마음이 바뀐다, 마음이 움츠러든다,
마음껏, 마음 가는 대로, 마음에 걸린다,
마음이 차가워진다, 마음이 따뜻해진다,
마음에 가깝다, 마음에서 멀어진다,
마음에서 지운다, 마음에 둔다,

마음이 넓다, 마음이 좁쌀 같다,

마음이 모질다, 마음이 여리다,

내 마음 나도 몰라, 마음이 왔다갔다 한다,

마음 둘 데가 없다, 마음을 비웠다, 마음이 벅차다,

마음에 구멍이 났다, 마음에 구멍이 숭숭 뚫렸다,

마음에 앙금이 생겼다, 마음 한 편에는, 마음을 낸다,

(할) 마음이 난다, (할) 마음이 생긴다,

마음을 억누른다, 마음이 찢어진다, 마음이 고달프다,

마음이 꼬였다, 마음이 틀어졌다, 몸 따로 마음 따로,

마음에 걸린다, 마음을 쏟는다, 마음 붙인다,

마음속에 담아둔다, 마음을 드러낸다,

마음에 있는 소리, 마음에 없는 소리,

마음이 거칠어진다, 마음이 단단해진다,

마음이 푸근하다, 마음이 메말랐다, 마음이 마음 같지 않다,

어제 마음 다르고 오늘 마음 다르다,

마음의 갈피를 잡을 수 없다….

그렇다. 마음의 갈피를 잡는 것이 마음 닦음이고 마음공부이다. 마음의 갈피를 '알음알이'로 보고, 어떤 마음을 밑으로 내려놓기도 하고 어떤 마음은 위로 올려놓기도 하고, 어떤 마음은 옆

자리에 나란히 늘어놓기도 하고, 흐트러진 마음을 묶기도 하고, 엉킨 마음을 풀기도 하고…. 어수선한 마음을 추스르는 일을 꼼꼼히 챙기는 것을 '유식론'이라고도 하고, 6식, 7식, 8식, 9식으로 사다리 오르기 놀이에 넋을 잃기도 한다.

마음이 바쁘니, 참선하는 사람들이 깨우침에 큰 도움을 준다고 너도 나도 붙들고 늘어지는 '무無' 자 화두에 대해서 수박 겉핥기로 몇 마디 하자. '무'가 반찬거리인 무처럼 생겼으면 너도 나도 한눈에 보고 알 수 있으련만, 아쉽게도 이놈은 크기도 없고 꼴도 없고, 어떤 모습도 갖추지 않았다. '없는 것'이기도 하고, '무엇이 아닌 것'이기도 하다. '무'가, '없는 것'이 정말 없는가. 마음에도 없고 온 누리(우주) 구석구석 뒤져도 없는가. 아예 없으면, 그걸 붙들고 늘어져 보아야 깜깜이 놀이일 터이니, 밤낮없이 붙들고 늘어져 봐야 말짱 헛것일 터.

그런데 '없는 것'이 있다. 그러니까 붙들고 늘어질 수도 있는 거지. '없는 것이 없다(무무)'는 말은 뒤집기 한판으로 '다 있다'는 말로 둔갑한다. '없는 것'이 머릿속을 헤집고 입 밖으로 내뱉어지면, 그에 덩달아 온갖 빛, 소리, 냄새, 맛, 살갗에 달라붙고 머릿속에서 움돋는 것들이 마치 놀부가 톱질한 박에서 꾸역꾸역 몰려나오고 삐져나오듯이, 삼천대천세계를 가득 채우고 마음속에 가득히 펼쳐진다. 앞뒤 다투어 나타나고 여기저기서 고개를 디민다.

'없는 것'을 바로 보아라. 없는 것이 있다. 그것을 버러지 눈으로 보지 말고 카메라 렌즈로 보지 말고 사람 눈으로, 있는 그대로, 더도 덜도 말고 눈앞에 펼쳐지는 대로 보아라. 사람 사는 세상에서 있는 것들이 어떻게 살고, 없는 것들이 어떻게 죽어 가는지 똑바로 보아라(정견).

없는 것이 있다. 곧 빠진 것이 있다. 먹어야 사는데, 입어야 하는데, 잠자리가 있어야 하는데 없다. 그러면 채워야지. 있게 만들어야지. 왜냐하면 '있을 것'인데, 있어야 마땅한 것인데, 없으면 살아갈 수도 살아남을 수도 없는데, 누군가 가로채서 한곳에 쌓아 놓고 헐벗게 하고 주리게 하고 뜬눈으로 새게 한다면, 그거 바로잡아야지(정행).

없는 것이 있는 한 편에는 반드시 없을 것, 없어야 하는 것, 남아도는 것, 군더더기, 쓰레기더미가 쌓여 있기 마련이다. 있을 것이 없고, 없을 것이 있는 세상은 나쁜 세상이다. 불국토가 아니다. 아수라장이다. 마음공부는 이런 세상을 바로잡아 '있을 것만 있고, 없을 것은 없는 세상', 미륵 세상으로 바꾸자는 뜻에서 하는 게 아니던가.

누나인 메리 램과 함께 아이들 눈에 맞추어 「셰익스피어 이야기」를 쓴 찰스 램은 이 세상에는 두 가지 인종만 있다고 쓴 적이 있다. '있는 놈'과 '없는 놈'. 그 밖의 여러 살갗 가름과 인종주의는 겉보기일 뿐이고, 진짜 무서운 인종주의는 있는 놈이 없는 놈을 업신여기는 데서 생긴다는 것이다. 그러니, 자, 벽을 바라 똬리를 틀고 있는 무자화두를 든 납자들이여 그대들 뜻 갸륵하다. 그 화두 정말 잘 들었다. 끝까지 밀어붙여라. 있는 놈이 왜 있는 놈인지, 어떻게 있는 놈이 되었는지, 그놈이 쌓아두고, 가로채고, 숨겨둔 그 많은 것들 가운데 없어도 되는 것, 없애야 하는 것, 없을 것이 얼마나 되는지, 그리고 없는 놈이 왜 없는 놈인지, 무엇이 없는지, 빠져 있는지, 왜 그렇게 되었는지, '무'자를 '없는 놈'으로 여기고 가슴에서 불길이 치솟아 온 세상 쓰레기들을 죄다 불사를 힘이 생길 때까지 용맹정진하라.

부처 만나면 부처 패죽이고, 조사 만나면 조사 때려죽이라는 말 그저 나온 게 아니다. 부처 한 마리 세상에 얼굴을 디밀면 그 부처 그늘에서 그 썩은 얼과 넋을 팔아 거룩한 얼굴 꾸미고 뭇산이 얼빠지고 넋 나가게 만들어 있는 놈으로 둔갑하는 무리들이 떼 지어 나타나고, 조사 한 녀석 어느 문중에 자리잡으면 그 허수아비 내세우고, 그 밑에서 구더기 끓듯이 짓지 않고 놀고먹는 건달들이 무리를 짓기 때문이다.

머리 깎은 사람들은 헐벗고 굶주리고 업신여김 받는 없는 사람들 쪽에 서서, 이 집 저 집, 윗마을 아랫마을 빌어먹으면서 떠도는 일을 마다하지 말아야 한다. 주머니가 비지 않으면 마음도 비지 않는다.

더는 빼앗길 것 없는 사람들이, 얻을 것만 있는 막바지에서 홱 돌아설 때, 그 곁에 있지 않는 부처나 조사를 어디에 쓰랴. 때가 가까워지고 있다. '무! 나 아무것도 지닌 것 없어. 나 없는 놈이야.' 그 소리를 중이 아니면 누가 할 수 있겠어.

눈동냥과 귀동냥

'나 없는 놈이요. 없는 놈으로서 없는 놈 쪽에 서서 있는 놈들과
목숨 걸고 드잡이를 할라요. 나, 육조 혜능 편이지 신수 편이 아니요.'
이렇게 말할 수 있는 놈 있으면 썩 나서보라고 해.

'동냥'이라는 말이 있다. 요즘 사람들은 잘 안 쓴다. 끼닛거리가 없어서 배곯는 사람이 남의 집에 찾아가 먹을 것을 달라고 비는 짓을 일컬어 '동냥질'이라고 하고, 그러고 사는 사람을 '동냥아치'라고 한다. '비렁뱅이', '거렁뱅이'라는 말은 더러 쓰인다. 요즘 말로 하면 거지다.

내 보기에 살아 있는 것 치고 동냥아치가 아닌 것이 없다. 꼴과 차림새에 따라 그 모습이 달리 나타나는 것에 지나지 않는다. 절집 스님들? 죄다 동냥아치다. 제 손으로 저 먹을 것 마련하지 않는다. 저 입을 것, 저 살 집 손수 짓지 않는다. 얻어 입고, 얻어 자고, 얻어먹는다. 가사와 장삼 입은 동냥아치다. (꽃과 벌, 진딧물

과 개미도 서로 동냥질하면서 산다는 말은 빼자. 잘못하면 물타기가 되기 십상이니까.)

국회의원이나 대통령은 표를 동냥질한다. 온갖 차림새로 저를 뽑아 주면 모두 잘 살게 만들어주겠다고 허리를 꺾고 손 비비고 있는 꼴을 보면, 누더기 걸치고 품바로 얻어먹고 사는 거지들도 눈꼴이 실 게다. 왜 그런 짓을 부끄럼 없이 하는지는 너도 알고 나도 안다. 그렇게 해서 '되고 나면' 먹을 것, 입을 것, 잠자리뿐만 아니라 마음껏 휘두를 수 있는 힘까지 생기기 때문이다.

석가모니 부처가 눈 쌓인 묏등에서 헐벗고 굶주린 모습으로 여러 해 고행해서 깨우침을 얻었다고, 대단한 일이라고 떠들어댄다. 석가로서는 대단한 일이었다. 석가는 있는 집 '아들'이었다. 없는 것이 없는 곳에서 살았다. 고달픈 삶이 어떤 것인지 알 길이 없었다. 그래도 석가는 석가인지라 사서 고생을 했다. 젊어서 고생은 사서라도 해야 한다는 말이 있지 않은가? 그 사서 한 고생으로, '고행'으로 석가는 깨달음을 얻었다. 그래서 부처가 되었다.

그런데 (잠깐 뜸들이고 나서) 부처님이 어느 자리에서 그런 말을 입에 올리지 않았나? 이 세상이 고해苦海라고. 앓이로 가득 찬 아픔의 바다라고. 그 말 맞다. 멀리 눈 돌리지 않아도 된다. 굳이 깨달음을 얻지 않더라도 누구나 안다. 석가는 뒤늦게야 몸으로 겪으면서 깨우쳤을 뿐이다. 그 깨우침이 모두라면 나 같은 중생도 코흘리개 적에 이미 얻었다. 없는 놈들은 태어나기 전부터 '고행'을 한다. 달리 길이 없기 때문이다.

중국불교와 인도불교가 다르다고, 소승이 어떻고 대승이 어떻고, 선불교가 어떻고 원시불교가 어떻고 저마다 떠들어댄다. 거개가 '구두선'(구두수선?)이지만 더러 귀동냥할 말도 섞여 있다. 눈동냥한 배를 타고 아픔의 바다를 건너느냐, 귀동냥한 배로 저 언덕에 이르느냐, 콩이야 팥이야 따지고, 참선공부가 윗길이다, 경전공부가 앞서야 한다, 입씨름해 봐야 태어나서 늙어 죽도록 '고행'을 하는, 그럴 수밖에 없는 뭇산이들에게는 그야말로 '쇠귀에 대고 염불하기(우이독경牛耳讀經)'에 지나지 않는다. 그래도 말이 나왔으니 이 늙은이도 말 좀 보태자.

선불교를 중국불교로 보고, 인도불교와 중국불교의 갈림길에 육조 혜능을 세우는 이들이 있다. 혜능과 석가는 어디가 무엇이 다른가? 거칠게 말하면 '없는 놈'과 '있는 놈'으로 가를 수 있다. 혜능은 석가와 달리 '없는 놈'이었다. 아비 없이 홀어미 밑에서 자랐다. (예부터 홀어미는 살아남기 힘들었다.) 날마다 땔나무해서 팔아 홀어머니와 먹고살아야 하는 놈이 어느 겨를에 글을 익힐 수 있었겠는가. 이 알거지 혜능이 어느 날 귀동냥을 한다.(그때쯤 어미는 저승길로 떠났겠지.) '이렇게 고생고생하지 않아도 살 길이 있는데.'

'그런 길이 어디 있대유?' '절집을 찾아가 봐.' 혜능은 그 길로 지게 벗어던지고 절집을 찾아간다.

그런데 가 보니 눈동냥으로 먹고사는 중놈들이 버글버글한데, 이놈들 하는 꼬라지를 보니 부처님 말씀이 잔뜩 적혀 있는 경전에 코를 박고 있다. 그리고 떡이며 밥이며 반찬이며 바리바리 싸 들고 오는 보살들에게 그 경전에 적혀 있는 글 가운데 맞춤한 말을 골라 들려주면 고마워하면서 '스님, 초파일에 또 오겠슈' 넙죽 엎드려 절하는 꼴도 본다.

알다시피 혜능은 까막눈이다. 눈동냥으로 먹고살 길이 없다. 그걸 눈동냥아치들이 알고 나서 혜능에게 '넌 가서 방아나 찧어' 한다. 고생길이 곱빼기로 열린 것이다. 이놈의 디딜방아가 어찌나 무거운지 말라비틀어져 몸이 허깨비 같은 혜능이 아무리 힘을 주어도 들리지 않는다. 옆에 돌확이 보인다. 그걸 지고 나니 무게가 생긴다. '부용 거사'는 '돌확을 등에 진 불목하니'라는 말인데, 이게 절집에서 부르는 혜능의 딴이름이었던 것이다. 이 생고생을 해가면서 혜능은 부지런히 귀동냥을 한다.

그 다음은 여러분이 아는 대로다. 어느 날 오조 홍인이 "그동안 공부한 것을 써 바쳐라" 하니까 눈동냥으로 으뜸가는 신수가 방장실 담벼락에 '깨달음의 노래(오도송)'를 써서 붙였다. 제 딴엔 부끄러워서 몰래 써 붙였다나.

몸은 깨닫는 나무이고

마음은 밝은 거울 받침대로다.

쉬지 말고 쓸고 닦아서

먼지 끼지 않게 하자.

혜능 : "저게 뭔 글이래유?"

지나가던 중 : (한껏 깔보며) "보면 몰라?"

혜능 : "모르니까 묻쥬."

중 : "이렇고 저렇고 어쩌고 저쩌고."

귀동냥을 마친 혜능 : (쭝얼쭝얼.) "흥. (이 비리비리헌) 몸이 (깨닫는) 나무라고? (나 한때 나무꾼이었어.) 마음이 거울 받침대라고? (거울 구경 한 번도 못했어.) 없는 놈한테 뭐가 있어? 털어봐야 먼지 하나 나올 게 없는디."

이 말을 홍인이 들었기에 망정이지, 그대로 두었다간 맞아죽을 소리다. 거지꼴로 내보내자니 절집 우세여서 제 옷가지 하나, 바리때 하나 얼른 챙겨 주면서 (귓속말로) "뒤도 돌아보지 말고 어여 내빼거라."

이렇게 해서 눈동냥을 으뜸으로 치던 깨달음의 길을 벗어나 귀동냥만으로도 깨우침을 얻을 수 있다는 지름길을 따로 낸 사람이 육조 혜능이라는 '썰'이 생겼다나.

'있는 놈'은 눈동냥으로 살고 '없는 놈'은 귀동냥으로 산다. 덧붙이자면 선불교에서 문답은 귀동냥이다. 입으로 묻고 귀로 듣는다. 주고받는다. 제자가 묻고 스승이 대답한다. 가끔 스스로 깨치기도 하지만 (이런 사람을 독각승獨覺僧이라고 부르지만 낮에 나온 도깨비만큼이나 드물고, 인가를 못 받으면 인정도 못 받으니 제쳐놓자.) 누구 밑에서 가르침을 받고 깨우쳤는지, 우두머리(종宗)가 누군지를 꼬치꼬치 따진다. 귀동냥이 누구로부터 누구를 거쳐서 어떻게 이어져왔는지를 그렇게나 시시콜콜 캐묻고 따지는 것은 눈동냥을 믿지 못하기 때문이다. '없는 놈'들은 글씨로 판박이 된 경전을 미덥게 여기지 않는다. 그 까닭이 있다. 글을 아는 '있는 놈'들이 드러내 놓고 '한 푼 줍쇼' 구걸하는 대신에, 유식을 내세우고 학식을 창칼 삼아 '없는 놈'들 몫을 가로채 온 못된 역사가 지금까지 이어져오기 때문이다.

일본불교가 조동을 우두머리로 내세우고 조선불교가 임제를 우두머리로 내세운다고, 임제종이 어떻고 조동종이 어떻고 편 가르기를 하는 것은 우리에게 아픈 식민의 그림자가 어른거리기 때문이다. 그리고 한때 조동종이 '있는 놈' 쪽에 서서 '없는 놈' 가운데 없는 놈이었던 조선불교를 짓밟은 적이 있기 때문이다. 그런데 요즘은 어떤가? '나 없는 놈이요. 없는 놈으로서 없는 놈 쪽에

서서 있는 놈들과 목숨 걸고 드잡이를 할라요. 나, 육조 혜능 편이지 신수 편이 아니요.' 이렇게 말할 수 있는 놈 있으면 썩 나서보라고 해. 유식하고 어려운 말 입에 올리기는 중놈들 따라갈 놈들이 없을 만큼 우리 '스님'들이 '있는 놈' 흉내를 내고 있다고, 그래서 머리 깎고 절집에 발 들여놓으려는 사람이 가뭄에 콩 나듯 하는 것 아니냐고, 그러니 얼 차리라고 하면 지나친 쓴 소리인가?

'있는 놈'들은 남의 몫까지 가로채는 나쁜 놈들이 되어 '우리 우두머리는 부처요, 예수요, 알라요'를 입에 침도 바르지 않고 내세우면서, 제가 저지르는 나쁜 짓을 좋은 일로, 남이 하는 좋은 일을 나쁜 짓으로 몰아가고, 조사, 신부, 율법학자를 성직자로 추켜세워 앞장서게 하는 판이다. 그런데 어찌된 일인가? 성직자들이 앞장서서 착한 놈들을 늘리면 늘릴수록 나쁜 놈들은 더 많은 먹이를 더 손쉽게 얻고 있지 않은가. 자본이 지배하는 세상 꼴이 이렇다.

이 땅의 선승들이여 들으라. "나, 나쁜 놈이 될 거야" 하고 이를 드러내며 '있는 놈'들에게 으르렁거리지 않으면 당신들은 평생 그놈들 그늘에서 벗어나지 못할 게다. 할!

도법과 성주 군민들을 믿는 까닭

사람이 사람답게 살 수 있어야 다른 생명체들도 살길을 찾을 수 있다는 믿음에서 싸우고 있다고 믿는다. 종교를 믿는 것보다 사람을 믿는 것이, 사람이 누리는 평화로운 삶을 믿는 것이 앞선다고 여겨서 물러서지 않고, 오늘도 발길 닿는 대로 걷고, 평화의 촛불을 밝히고 있다고 믿는다. 그 믿음이 나로 하여금 도법과 성주 군민들 쪽에 서라고 부추긴다.

믿음은 어제(과거)가 물려준 큰 힘이다. 예수 믿음은 그리스도교에서 교황을 낳았다. 석가 믿음은 조선불교에서 왕사, 국사를 낳았다. 마호메트 믿음은 이슬람 세계에서 알라를 받들게 했다. 믿음은 믿음으로 끝나지 않았다. 그것은 '있는 놈'들의 힘을 부추겨 주었다. 지난날이 오늘과 앞으로 올 날들을 옥죄는 데에 믿음이 큰 몫을 맡아 왔고 앞으로도 그럴 거라는 데에 토를 다는 사람은 그리 많지 않으리라.

불교가 믿음에서, 그리고 그 믿음을 뭉뚱그린 종교에서 벗어나려고 애써 온 것은 어제오늘의 일이 아니다. '뭇산이들이 곧 부처'라는 말도 어쩌다 생긴 게 아니다. 신화를 믿던 이들이 종교를 받아들이고, 종교를 믿던 이들이 이성을 받아들여 그것을 새로운 믿음으로 바꿔치기한 것도 어제오늘의 일이 아니다. 그러나 어떻게 모습을 바꾸든 믿음은 믿음이다. 그리고 그런 믿음은 헛된 꿈에서 비롯한 것이 아니어서 하루아침에 없어지지 않는다.

정도전이 「불씨잡변」을 써서 고려시대까지 이어져 온 불교에 등을 돌리고 성리학 또는 주자학이라는 이성에 바탕을 둔 새 나라(조선 왕조)의 기둥을 세우려고 애썼지만, 세종, 세조를 비롯하여 조선 왕조에서 가장 큰 힘을 지니고 많은 일을 해 온 것으로 알려진 임금들이 불교를 버리지 못한 데에는 그럴 만한 까닭이 있다고 본다.

참된 힘은 선비들의 머리에서 나오지 않는다. 선비는 요즈음 말로 하자면 학자, 지식인, 교수, 언론인들이다. 그것은 뭇산이(중생, 민중)들의 가슴에서 나온다. 임금의 힘도 뭇산이들이 뒷받침해 주지 않으면 쓸데가 없다. 임진병란이 좋은 본보기다. 선조는 제 힘으로 임금 자리에 오르지 못했다. 선비들로 이루어진 신하들이 임금이 되도록 떠받쳤다. 선조는 신하 복이 많았던 임금으로 꼽힌다. 율곡(이이), 퇴계(이황), 이항복(오성), 이덕형(한음), 권율, 유성룡, 이순신 같은 이들이 선조를 떠받들었다. 그리고 임진왜란 앞뒤로 이 신하들은 임금을 둘러싸고 멀리서 가까이서 저마다 제 몫을 하느라 애썼다. 그러나 왜병들과 맞서 싸운 사람은 권율과 이순신을 빼면 따로 있었다. 그 가운데 승병이 있었다. 서산 대사와 사명당, 영규 같은 스님들과 함께 싸운 뭇산이들이 있었다. 쪽지(도첩)가 없으면 도성(임금이 자리잡은 한양, 오늘의 서울)을 드나들 수도 없었던 중들이 물 건너 온 왜병들과 맞서 싸우는 데 앞장섰다. 나는 이이들이 임금을 지키려고 싸웠다고 보지 않는다. 뭇산이들의 삶터를 지키려고 싸웠다고 본다. 임금은 이미 도성을 비웠고, 뭇 선비들도 선조를 따라나서거나 온데간데 모르게 자취를 감추어 나라는 이미 거덜난 뒤였다.

권신, 힘 있는 놈을 둘러싸고 그 힘에 기대 힘 없는 사람들을 옥죄어 그이들의 몫을 가로채는 무리들이 보인 모습이 그러했다. 예와 이제를 가리지 않고, 이 세상 어느 곳에서나 벌어지는 일이다. 나라가 밑바닥에 깔린 이들을 돌보는 일은 없다. 못살게 들볶지 않는 일도 드물다. 뭇산이들은 나라를 지키려고 일어서는 게 아니라 제 삶터를 지키려고 일어선다. 중들에게 먹을 것을 챙겨주고 절집을 지켜 주는 신도들은 왕조가 고려이든 조선이든 알 바 없다. 새 나라 이름이 대한이든 조선이든 아랑곳없다. 덜 뜯어가면 그것만으로도 고맙다.

나라가 우리 삶을 지켜 주는 일은 없다는 생각이 '믿는 이'들의 믿음 속에 스며 있다. 그래서 큰 믿음은 나라의 울타리를 벗어난다. 나라를 벗어날 수는 있어도 삶터를 벗어날 수는 없다. 삶터를 지키려고 싸운다. 이른바 애국자들은 나라를 위해서 싸우려고 제 나라 밖에서도 싸움판을 벌이고, 애국의 이름으로 제 나라 젊은이들을 그곳에 보낸다. 베트남전쟁 때 이 땅의 많은 젊은이들이 아메리카 합중국의 전쟁광들에게 등 떠밀려 대한민국의 독재 권력이 시키는 대로 남의 땅에 짓쳐들어갔다. 남의 땅에서 낯모르는 이들과 싸우다 죽고 죽였다. 따이한들이 죽인 사람들 가운데는 민간인들도 있었다. 할아버지, 할머니, 어린애들, 젖먹이들, 엄마 배 속에 들어 아직 태어나지도 못한 아이들도 있었다. 봉긋이 갓 솟아오르는 여자애 가슴을 도려내기도 했다. 그 모든 끔찍한 일들이 '애국'의 이름으로 감추어졌다.

지금도 비슷한 일들이 우리 눈앞에서 벌어지고 있다. 한 줌도 안 되는 전쟁광들과, 그들에게 대량 살상 무기들을 만들어 팔아 잇속을 챙기는 전쟁 상인들이 짜고 들어 남의 땅에서 전쟁을 벌이고 있다. 그리고 옛 선비들이 하던 짓들을 이어받은 이른바 학자, 지식인, 전문가 들이 대학에서, 연구소에서, 신문 방송에서 도우미 노릇을 하고 있다. 이성이라는, 과학이라는 믿음을 걸고 '이슬람국가(IS)를 박살내라', '한반도에 사드Thaad를 배치하라'고 외친다. 이 일을 어찌할 것인가? 이 터무니없는 짓들을 어떻게 막아 낼 것인가? 우리 삶터가 쑥대밭으로 바뀌면 맨 먼저 비행기에 몸을 싣고 달아날 게 뻔한 저 한줌도 안 되는 무리들의 말을 믿고 따라야 할 것인가, 저들에 맞서야 할 것인가?

나와 함께 불한당(불교 경전을 한글로 옮기는 무리)에 끼어 같이 '법성게'를 읽고 풀이한 도법 스님은 '생명 평화'를 내걸고 순례길에 올라 오랫동안 나라 골골을 쏘다니고 있다. 도법이 하는 짓을 마뜩잖게 여기는 이들도 있다. 싸움은 말리고 흥정은 붙이라는 말에 따라 이쪽저쪽 가리지 않고 사람을 만나는 게 꼴 보기 싫다고 털어놓는 이들도 있다. 그러나 나는 도법 스님을 믿는다. 그이가 세월호 사태를 지켜보는 그 눈길을 믿는다. 도법은 세월호가 갈앉을 때 함께 갈앉은 사람들을, 살길이 있는데도 죽음을 맞을 수밖에 없었던 이들로 본다. 그리고 다시는 이런 일이 되풀이되지 않게 세상을 바꾸어 내야 한다고 다짐한다. 한때 먹물이었고, 아직도 그 때를 씻어 내지 못한 내가 '법성法性'을 '마음결'로 옮기자고 우기는데도 꿋꿋하게 '한 사람'으로 옮긴 도법 스님의 뜻은 다른 데 있지 않다고 나는 믿는다.

이이에게 '생명 평화'는 사람이 어떻게 사느냐에 달려 있다. 풀과 나무, 새와 물고기, 그 밖의 다른 뭇산이(중생)들이 한데 어울려 사는 데에 가장 큰 몫을 맡고 있는 생명체는 사람이다. 사람이 부처로 살지 못하면 다른 생명체도 평화롭게 살 길이 없다는 게 도법의 생각이다. '마군도 전쟁광도 깨우치면 부처로 거듭날 수 있다. 그러니 이놈 가리고 저놈 제치지 말고, 다 한 그물 안에 감싸 안자'는 게 도법의 뜻이다. 나? 나는 뜻이 다르다. 내 마음에는 걸림이 많다. 걸림이 없어야 두려움이 없어지고, 두려움이 없어야 뒤죽박죽인 꿈결에서 벗어날 수 있다는 반야심경 구절을 골백번도 더 읽었는데도 나는 이른바 '있는 놈'들의 입발림을 믿지 못한다. 그래서 아직은 도법의 큰 뜻을 받아들이지 못한다.

그래도 나는 도법을 믿는다. 날마다 하루에도 여러 차례 바뀌는 내 마음보다 도법 스님의 '오척단구五尺短軀'를 믿는 마음이 더 크다. 내가 마음만 내고 마는 일에 도법은 몸을 던진다. 내가 '마음 가는 데 몸 간다'고 뒷짐 지고 있는 사이에, 도법은 '몸 가는 데 마음 간다'고 성큼 한 걸음 내디딘다. 내가 '전쟁광들 꼴 보기 싫어' 하고 손사래를 치는 동안, 이 스님은 누가 손가락질을 하든 말든 '그 사람들 바꿔 내지 못하면 평화는 없어' 하고 만나러 간다.

이쯤에서 털어놓자. 나는 '있는 놈'이다. 처자식도 있고, 이리저리 따지면 지닌 것도 지킬 것도 한두 가지가 아니다. 거기에 따르는 두려움도 있다. 그러나 도법은 '없는 놈' 가운데 없는 놈이다. 제 것이라고는 아무 것도 없다. 몸뚱이 하나뿐이다. 그 몸도 오척단구이다. 잃을 것이 없다. 그래서 그런지 겁도 없다.

서산 대사가, 사명당이, 그 밖의 많은 불자들이 싸움터에 나섰을 때, 그이들이 임금과 나라를 지키려고 싸우지 않았듯이 도법도, 성주 군민들도, 있는 놈들이 제멋대로 토막 내고 싸움질하는 나라를 지키려고 '생명 평화'를 부르짖고 '사드 반대'를 외친다고 보지 않는다. 제 한 몸 지키려고, 저희들이 사는 땅뙈기 아끼려고 전쟁광들과 맞선다고 보지도 않는다.

사람이 사람답게 살 수 있어야 다른 생명체들도 살길을 찾을 수 있다는 믿음에서 싸우고 있다고 믿는다. 종교를 믿는 것보다 사람을 믿는 것이, 사람이 누리는 평화로운 삶을 믿는 것이 앞선다고 여겨서 물러서지 않고, 오늘도 발길 닿는 대로 걷고, 평화의 촛불을 밝히고 있다고 믿는다. 그 믿음이 나로 하여금 도법과 성주 군민들 쪽에 서라고 부추긴다. 겁내지 말라고 나를 다독거린다. 그래도 아직은 두려워서 한 발 빼고 있는 내 모습이 부끄럽다.

거칠지만 아름다운 한 비구니의 손

손은 그때 그때 비워 두어야 한다. 효자손을 마냥 쥐고 있으면
그 손 다른 데 쓸 길이 없다. 그렇다고 주먹을 쥐고 있어서도 안 된다.
움켜쥔 주먹은 휘두르는 일 말고는 쓸모가 없다.

얼마 전 운문사 일진 스님이 변산공동체에 잠깐 들렀을 때 「명성」이라는 책을 두고 갔다. 남지심 선생이 쓴 '평전 소설'이다. 이 분의 삶이 궁금했던 터라 하루 만에 다 읽었다. 읽다 보니 어렸을 때 아버지한테 들었던 이야기가 떠올랐다.

"용한 관상쟁이가 있었더란다. 길을 가다가 날이 저물어 제법 살림이 넉넉해 보이는 어느 집에 들렀는데, 그 집 주인의 관상을 보아 하니 쪽박 차기 딱 알맞은 빈상 중의 빈상이라. 요모조모로 아무리 뜯어보아야 잘살 구석이 안 보이는 거야. 이거 참 알 수 없다. 며칠 더 눌러앉아 손금도 보고 발금도 보고, 귓불도 들여

다보고, 당사주에 명리학, 주역 점까지 쳐 보는데도 역시 오갈 데 없는 비렁뱅이 상이거든. 그런데 이렇게 포실하게 잘 먹고 잘살다니. 그런데 하루는 이 사람이 먹글씨로 도배가 된 종이를 들고 뒷간으로 가는 걸 보았어. 밑을 닦으려고 그러나 보다 여겼는데, 나올 때 보니 그 손에 종이 대신 심지가 들려 있어. 그러니까 똥을 누면서도 쉬지 않고 손을 놀려 가지고 간 종이를 찢어 호롱불을 켜거나 그릇을 만들 심지를 꼰 거지. 그걸 보고 나서야 관상쟁이가 '그러면 그렇지' 하고 무릎을 쳤다는군."

책에서 얼핏 본 비구니 명성의 상도 크게 다르지 않은 듯싶었다. 그런데 명성 스님은 몸도 마음도 손도 발도 온통 복덩어리다. 스스로 지은 복이다.

「명성」에서 본 글 한 구절. '벼룩 서 말을 끌고 갈 수는 있어도 중 셋은 데리고 가기 어렵다.' 그런데 명성이 서울 청룡사에서 몸을 빼쳐 먼 산골에 있는 다 쓰러져 가는 운문사로 내려갈 때에 뒤따른 비구니들이 스물, 거기서 기다리고 있던 비구니들이 예순이었다 한다. "기댈 데가 없어. 우리 살림은 우리 손으로 일구어야 해." 보리 심고, 모내고, 김매고, 온 몸에 달라붙는 보리 까끄라기에 시달리면서 보리곱삶이로 끼니 때우고, 디딜방아, 절구질, 몸 놀리고 손발 놀리지 않으면 입에 풀칠하기도 힘든 가난한 살림을 꾸리기 스무 해 남짓, 그리고는 나라 안팎에서 누구나 알아주는 살림 공동체이자 교육 공동체, 한 걸음 더 나아가 평화 공동체로 일구어 내고 탈바꿈시켰다는 이야기.

여남은 살쯤에 아버지한테서 들었던 이야기 하나가 또 생각이 난다.

"바가지 채우는 데는 마음가짐에 따라 두 길이 있어. 하나는 튀긴 강냉이를 담는 거고 또 하나는 좁쌀 알갱이를 채우는 거야. 튀긴 강냉이로 건둥건둥 채우면 곧 바가지가 가득해지지. 그렇지만 튀긴 강냉이로는 끼니를 때울 수가 없어. 더디더라도 좁쌀로 차곡차곡 채워야 배곯지 않고 오래 견딜 수 있단다."

명성 스님은 지독한 공부벌레이기도 했지만 더 지독한 일벌레였다. 적어도 남지심 선생 말에 따르면 그렇다. 올해로 여든여덟 살인데도 일손을 놓지 않고 있다고 한다. 붓글씨 쓰다 버려진 종이로는 심지를 꼬아 바구니 만드는 데 쓰고, 뜨개질해서 짠 목도리와 모자는 그때 그때 나누어 준다. '천수천안 관세음보살'을 하도 읊조리다 보니, 스스로 그렇게 되었다. 입으로만 읊조린 게 아니라 그렇게 살았다. 내가 보기에는 그렇다.

조선 왕조 세조 때 우리말로 옮긴 「선종영가집」에서 본 글 가운데 이런 대목이 있다. 기억나는 대로 말을 옮기는 것이니, 틀릴 수도 있겠다. "손은 그때 그때 비워 두어야 한다. 효자손을 마냥 쥐고 있으면 그 손은 다른 데 쓸 길이 없다. 그렇다고 주먹을 쥐고 있어서도 안 된다. 움켜쥔 주먹은 휘두르는 일 말고는 쓸모가 없다."

나라 안팎의 전쟁광들이 들썩이고 있다. '한일 군사정보 공유', '한반도에 사드 배치'가 물밑 작업 단계를 넘어 숨가쁘게 진행되고 있다. 이 짓을 막으려는 평화 세력은 언제 종북몰이로 치도곤을 당할지 모른다. 우리에게는 촛불 들 손은 있어도 총칼 들 손은 없다. 이 일을 어찌할 것인가.

아무래도 관세음보살을 찾아야 할 것 같다. 돌조각에, 쇠붙이에 새긴 관세음보살이 아니라 '즈믄 손(천수千手)', '즈믄 눈(천안天眼)'을 지닌 살아 있는 관세음보살을 앞세워야 할 듯하다. 내 머리에 떠오르는 모습은 '구름 속의 큰 별' 명성 스님이다. 군대를 앞세워서는 안 된다. 다 알다시피 군대는 어느 나라 군대 가릴 것 없이 국가가 길러내는 '합법적인 연쇄살인 도구'이다. 이들은 '애국'이라는 이름 아래 남의 나라에 짓쳐들어가, 애, 어른, 애 가진 여자 가리지 않고 죽여 없애는 짓을 서슴지 않는다. 우리라고 예외는 아니다. 나이 일흔을 반나마 넘긴 우리 세대는 그 꼴을 직접 눈으로 보고 귀로 들었다. 이 땅에 다시는 전쟁이 벌어져서는 안 된다. 휘두르는 주먹이 아니라 합장한 손이 있어야 한다. 한데 모은 두 손바닥에는 총칼을 들 틈새가 없다.

불교가 이 땅에 들어온 지 일천오백 년 남짓한 긴 세월에 불교는 줄곧 평화의 종교였다. 그리고 인류 역사에서 여자는 때와 곳을 가리지 않고 평화 세력이었다. 어느 때보다 이 힘이 아쉬운 때다.

여기에 남지심의 평전 소설 한 대목을 소개한다. 명성 스님의 손놀림이 어떠한지 보이고 싶어서다.

"명성 스님의 외모는 늘 단정하고 반듯하다. 그리고 아무도 범접할 수 없는 위엄을 갖추고 있다. 스님은 항상 염주를 들고 다니며 문수기도, 관음기도, 약사기도를 하루에 일천 염씩 한다. 그 일은 오랜 세월 지켜 온 생활 속의 일부다. 그리고 동국대학교 재학 시절 한국 최고의 서예가 일중 선생과 여초 선생으로부터 배우기 시작한 붓글씨를 지금껏 시간 나는 대로 써 오고 있다. 또한 학인들의 교양을 높이기 위해 특활 시간을 만들어 붓글씨를 지도하고 있다. 그리고 글씨 연습을 한 종이가 아까워서 그 종이들을 하나도 버리지 않고 틈만 나면 꼬아서 둔다. 지승 공예를 하기 위해서다. 그래서 스님 방에 가면 대화를 하면서도 종이를 꼬고 있는 스님을 쉽게 볼 수 있다. (…) 그뿐만 아니라 스님은 뜨개질도 아주 잘한다. 손수 목도리도 뜨고 모자도 뜬다. 그렇게 뜬 목도리와 모자는 그때 그때 주위 스님들에게 나누어 준다. 늘 아름다운 것을 추구하기 때문에 스님 자신이 지니고 다니는 소지품이나 제자들에게 나누어 주는 선물도 가능한 예쁘고 맵시 있는 것으로 고른다. 가장 섬세하고 가장 부드럽고 가장 아름다운 여성적인 면이 명성 스님 속에 분명히 자리하고 있다."

"남을 가르치려면 우선 자신부터 가르쳐야 한다."
"우리가 살고 있는 이 자리가 곧 수행처다."
"즉사이진卽事而眞, 매사에 진실하게 살라."

뒤에 덧붙인 세 구절은 비구니 명성이 스스로 다짐하는 말이자 학인들에게 늘 일러주던 말일 게다. 사진으로 보는 명성 스님의 손은 얼핏 떠올리기 쉬운 곱고 가녀린 여자의 손이 아니다. 마디가 굵고 큰 손이다. 손은 정직하다. 말을 꾸미고 얼굴을 바꿀 수는 있다. 그러나 호미질, 낫질, 절구질에 익은 손은 거짓말할 줄 모른다. 비구니 명성의 손은 거칠다. 그러나 뭇산이들을 향해 내미는 그 손길은 따뜻하다. 내게는 그 손이 아름다워 보인다. 아름다움이란 무엇인가. 있을 것이 있을 때와 있을 데에 있고, 없을 것이 없을 때와 없을 데에 없는 것이다.

반야의 공

'오온'이 저마다 흩어지려는 톨의 움직임이라면,
'공'은 이것들을 꼬아서 잇는 결의 흐름이다.

광화문에서 열리는 촛불 집회에 여러 차례 갔다. 국회에서 탄핵을 결의하기 전에도 갔고, 탄핵이 의결된 뒤에도 갔다. 걱정스러워서였다. 머릿수 하나라도 더 보태고 싶었다. 병든 시골 늙은이까지 먼 길을 나서게 한 이 힘은 어디에서 비롯되었을까.

힘은 '함'과 '됨' 두 갈래로 나뉜다. 옛날에 '하면 된다'고 떠들던 사람이 있었다. 그러나 하는 대로 꼭 되는 것은 아니다. 함에도 결이 있고 됨에도 결이 있다. 저 언덕으로 건너가는 물길은 고르지 않다. 크고 작은 물결이 뱃전에 부딪힌다. '아누다라삼먁삼보리', 곧 '무상정등정각'이 거친 마음결을 잠재워야 한다. 마음을 뒤집는 가장 큰 물결은 두려움이다. 반야심경에서 눈여겨봄직한 말은 '마음에 거리낌이 없으므로 두려움이 없다(심무가애 무가애고 무유공포心無罣碍 無罣碍故 無有恐怖)'로 여겨진다.

지나치게 큰 힘은 거센 바람을 일으키고 그 바람은 물결을 뒤집는다. 마음결도 다르지 않다. 두려움은 거센 바람결이다. 이 바람을 안고는 저 언덕에 이를 수 없다. 세속적으로 따지면 나라는 큰 배이고, 그 안에 너도나도 실려 있다. 우리에게 나라는 대한민국도 아니고 조선민주주의인민공화국도 아니다. 그런 나라는 국제법상으로만 있다. 제주도 오름 언저리에 살거나 북녘의 자강도 한 모퉁이에 살거나 가릴 것 없이, 한반도에 몸 붙이고 살아왔고 지금도 살고 있는 사람들은 너나없이 모두 우리나라 사람이다.

이 우리나라 사람에게 가장 큰 걸림돌은 북녘의 핵무기와 남녘에 주둔하고 있는 주한미군이다. 이 걸림돌을 없애는 길은 우리나라가 '영세 중립국'이 되는 길이다. 영세 중립은 대한제국의 황제였던 고종 임금도 바랐고, 그 뒤로 조선의 김일성도 대한의 김대중도 입에 올렸다. 구한말에 고종의 말을 귀담아들었던 나라는 러시아뿐이었다. 그때에 이름이 '청'이었던 중국은 속국인 주제에 시건방을 떤다고 콧방귀를 뀌었고, '필리핀은 우리가 먹고, 조선은 니네가 먹고' 하는 귓속말을 일본과 주고받던 아메리카 합중국은 어느 집 개가 짖느냐고 코웃음을 쳤다. 조선을 식민지로 삼고 중국까지 넘볼 욕심이 가득했던 일본은 두말할 것 없이 손사래를 쳤다.

김일성과 김대중의 중립화 내용은 나도 모른다. 우리나라 사람 가운데 그 내용을 잘 아는 사람은 남북을 통틀어도 몇 안 되리라. 이제부터라도 알려고 애써야겠지. 알리려고도 애써야겠지. 다행히 에스엔에스SNS에는 '한반도 영세 중립국' 논의가 적지 않게 실려 있다. 어쨌거나 이 문제는 남녘이나 북녘의 체제 담당자들 손에 맡겨둘 일이 아니다. 먼저 이 나라 사람 모두가 영세 중립을 외쳐야 한다. 여기에는 남북이 따로 없고, 남녘에서도 여와 야, 보수와 진보가 따로 없다. 승과 속이 따로 없음은 더 말할 나위가 없다. 우리 힘만으로는 모자란다. 힘 없는 나라의 외침이 메아리 없이 잦아드는 꼴을 우리는 구한말 고종의 모습에서 보았다.

우리와 마찬가지로 전쟁의 두려움에 떨고 있는 사람들의 목소리도 끌어내야 한다. 한 줌도 안 되는 전쟁광들과 죽음을 사고파는 무기 상인들을 뺀 온 세계의 평화 세력과 손을 잡아야 한다. 그 가운데서도 이 땅에서 다시 전쟁이 벌어지면 어쩔 수 없이 전선에서 맞설 수밖에 없는 아메리카 합중국, 일본, 중국, 러시아의 평화 세력들을 우리 쪽으로 끌어당겨야 한다. 평화를 사랑하는 이 나라 사람들이 그 몸과 마음이 남녘에 있든 북녘에 있든 모두 나서서, 친일파, 친미파, 친중파, 친러파의 딱지가 붙더라도 그 나라 사람들에게 울타리가 되어 달라고 부탁해야 한다. 그래서 유엔UN의 의결을 이끌어내야 한다. 그러려면 먼저 남과 북이 한 목소리를 내야겠지. '정전 협정'을 '평화 협정'으로 바꾸고, 한반도 전체를 비무장지대로 만들어야겠지. 그러면 저절로 핵무기도 사드 포대도 자취를 감추겠지.

불교 용어에 '중도中道'라는 말이 있다. '중립'이라는 낱말은 '중도'라는 낱말에 맞닿아 있다. 그런데 중립이라는 말은 남녘에서도 북녘에서도 빈말이 되어 버렸다. 가파르게 기울어진 땅에서는 중립이 불가능하다. 한가운데 서겠다는 사람은 그 뜻은 갸륵할지 모르나 아래쪽으로 미끄러질 수밖에 없다. 시소를 머리에 떠올리면 된다. 한쪽에서는 힘 있는 놈이 그 힘으로 내리누르고 다른 한쪽에는 힘 없는 사람이 하늘 쪽으로 들려 있는 판에 가운데 서겠다고 우기는 사람은 힘 있는 쪽에 서겠다고 이미 마음먹은 사람이라고 볼 수밖에 없다.

반야심경에 나오는 '아누다라삼막삼보리'에서 '삼막'은 '바로 고름(정등正等)'을 뜻한다. 잔잔하게 결 고른 물을 머리에 떠올리면 된다. 두려움이 불러일으킨 거친 마음결이 잠잠해졌다. 잔잔해진 이 물길(마음결)이 바로 '중도'다. 거기에 띄운 배에 올라야 '중립'이다.

반야심경 첫머리에 나오는 '스스로 있음을 살피는, 또는 스스로 그렇게 있도록 보살피는(관자재觀自在) 깨친이(깨달은 이)'는 다른 이름으로 '세상 소리 살피는(관세음觀世音) 보살'이기도 하다. '스스로 있음'은 '세상 소리'로 드러난다. 이 보살은 마음을 기울여 저 언덕에 이를 배를 젓는다. 이 배 안은 온 누리의 톨과 결로 가득 차 있다. 싣지 않은 것은 아무것도 없다. 함과 됨으로 이루어진 힘이 여기에 곁들여진다. '것(색色, 톨로 바꾸어도 같은 뜻이다)', '받음(수受, 됨으로 옮길 수도 있겠다)', '생각(상想, 마음에 빚어지는 꼴)', '다님(행行, 닫고 거닒, 몸놀림, 함으로 옮길 수도 있겠다)', '앎', 또는 '알음알이(식識, 있다, 없다, 이다, 아니다, 같다, 다르다로 갈라서 주고받는 말로 이루어진 앎)' 이 '다섯 얽힘(오온五蘊)'이 모두 비어 있음을 밝히 본다. 그것들을 되비치는 거울은 비어 있다. 그 어느 것도 제 모습을 지켜내지 못한다. '늘 없음(무상無常)'이다. 뱃전을 무섭게 흔들어대던 거친 물결은 잔잔해졌다. '마음놓으시오(방하착放下着)', 마음놓인다. 마음놓는다. 힘은 그대로 남되, 함과 됨으로 갈라서지 않았다. 저 언덕이 보인다. '가득 빔(만공滿空)'이다. '경허'에서 '만공'에 이르는 길이다.

조선불교는 '원효元曉(사복: 우리말 '새벽'의 한자 표기)'에서 동터서 '보조普照(두루 비춤)'에서 한낮을 맞았다가 '서산西山(해는 서산에서 진다)'에서 저물었다고 하는 이도 있다. 그럴싸한 말이다. 그러나 그런 소리가 빈말임을 경허가 몸보이고 만공이 뒤이었다고 나는 생각한다. 조선이 고구려, 신라, 백제로 갈라서고 이제 남과 북으로 맞서 있지만, 그래도 뭇산이(중생)들에게는 예와 마찬가지로 '우리나라'일 뿐이다. 땅이 어디 가나. 그 안에서 움 돋고 꽃 피고 열매 맺고 다시 흙으로 돌아가는 뭇 톨들이, 그리고 그것들이 불러일으키는 결이 어디 가나. 시원한 바람결에 땀 가시는 살결, 즈믄 가람(천강千江)에서, 너른 바다에서 물결 속에 낯 씻는 달, 모두 비어 있다.

'맞섬(가애罣碍)'이 없으니, 맞난다(만난다). 씨앗이 움터 떡잎이 마주 나듯이 '맞나서' 햇살을 받는다. 달빛을 맞이한다. 이것이 '마지'다. 마음이 '맞나야' 한다. 남북으로 갈라서서 일흔 해가 넘게 서로 맞서고 있는, 맞세움당하고 있는 이 세상에 오직 하나뿐인 우리는 다시 만나 하나가 되고, 한결같이 잘 살아야 한다. 비워야 빈다. 맞서지 않으면 걸림돌이 사라진다. 길을 가로막는 돌부리가 없으면 걸려서 엎어지게 만드는 두려움이 사라진다. 암초가 없어진다.

남북 분단은 우리 뜻이 아니었고, 지금도 우리 뜻이 아니다. 핵무기 개발도 미군 주둔도 우리 뜻이 아니다. 정전 협정을 평화 협정으로 바꾸자는 것을 한사코 마다하는 전쟁광들과 죽음의 상인들이 사이에 들어 벌이는 '죽임 잔치'다. '죽임'에 맞서는 말은

'살림'이다. 살림은 누구 몫인가. 누가 살림을 잘 하는가. '여자'로서 사람 사이에 드러나는 '암'의 힘이다. 노자 「도덕경」에 나오는 '현빈玄牝'이다. '검은 암의 열림, 이를 일러 하늘과 땅의 뿌리라 한다(현빈지문 시위천지지근 玄牝之門是謂天地之根).'

공空(빔)은 밝지 않다. 어둠에 잠겨 있다. 희지 않고 검다. 모든 '것(색色)'을 내치는 힘은 '흼'으로 나타난다. 모든 것을 받아들이는 힘은 '검음'으로 감추어진다. 빛의 간섭이 없는 하늘은 검다. '하늘'은 '검'이다. '땅'도 '검'이다. 이 안에서 모든 게 움트고 자란다. 살림을 차린다. 이 땅에 평화를 가져다 줄 힘은 '버시(남자)'에게서 나오지 않는다. '가시(여자)'로부터 나온다. 그렇다고 갈라 세워서는 안 된다. 맞서게 해서는 안 된다. 이어진 것만이 결을 이룬다. 톨로 흩어지지 않는다. '오온五蘊'이 저마다 흩어지려는 톨의 움직임이라면, '공'은 이것들을 꼬아서 잇는 결의 흐름이다.

만남과 맞섬

왼쪽에 서거나 오른쪽에 서거나, 맞서지 말고 만나야 한다는 게
내 나름으로 부처님을 섬기는 길이라고 본다.

월간 「불광」 편집을 맡은 김성동 님으로부터 전자 편지를 받았다. 나는 컴맹이어서 다른 사람이 종이에 옮겨주는 것을 뒤늦게 받아보았다. 독자들이 보낸 항의 편지 가운데 하나를 전해 주었는데 다음과 같다.

"최근 「불광」에 실린 윤구병 씨의 기고문에 대해서 말씀드리고자 합니다.

2017년 1월에 '반야의 공'이란 제목으로 별로 보잘것없는 내용(북녘의 핵무기, 주한미군, 김일성, 김대중 등등)을 기술했으며, 2016년 12월의 '거칠지만 아름다운 한 비구니의 손'의 내용 중에는 한일 군사정보공유, 한반도에 사드 배치하고자 하는 사람은 '전쟁광'이

라고 하고 이것을 반대하는 사람은 '평화 세력'이라는 등, 부처님의 가르침을 내세우는 척하며 자기들의 정치 이념을 선전 선동하고 있습니다.

이러한 내용을 전파하는 것이 「불광」 발행의 이념입니까? 참으로 암담합니다. 원래의 「불광」 발행 이념이 퇴색하여 정치 이념의 선동 선전의 도구로 사용되는 일이 없는 종교지, 부처님 말씀의 전법과 신행지로서 월간 「불광」으로 발전하기를 기원합니다."

이 글을 「불광」지에 보내신 분에게 마음속으로 '성불하십시오' 하고 절을 올린다.

처음에 이 사연을 전해 듣고, 내 글에 상처 받는 이들이 있구나, 다 늙어 죽음을 앞둔 터에 남의 마음을 어루만지지는 못할망정 어지럽혀서야 되겠는가, 그렇게 생각하고 잡지 연재를 그만두려고 마음먹었으나, 내가 하는 말이 아직 낯설어서 그럴 수도 있으니 더 써달라는 편집자의 부탁을 뿌리칠 수 없었다.

낯섦에 두려움을 느끼는 것은 사람만이 아니다. 모든 살아 있는 것은 낯익은 세상에서 살기를 바란다. (그리스 사람들은 낯선 말을 지껄이는 사람들을 '바르바로스'라고 불렀다. 우리말에 스며든 한자어로 옮기면 '야만인'이다.) 호남에서 태어나 자라면서 말을 익힌 이들은 '남'을 '놈'이라고 한다. '나'와 '놈(남)'이 한덩이로 뭉치면 '우리'가 되어 내남(나와 남)없이 한데 어우러지고, 갈라서면 때로는 만나고(맞나고) 때로는 맞서는 '너'와 '나'가 될지도 모른다. 서로 '우리'임을 내세우며 광화문에, 서울역에 따로 모이는 사람들은 저마다 다른 '우리'를 이루어 맞선다. 저마다 우리(울타리)를 따로 두른다.

나는 늘 '홀'이고 '외톨'이다. '하나같음(동일성同一性)'은 하나와 같을 뿐 하나는 아니다. '다름'은 닿고 스칠 뿐 저마다 '홀(외톨)'인 '너'와 '나' 사이에서 생기는 낯섦이다. (이 '섦', 곧 '설음'에서 '슬픔'이라는 말이 가지를 친다.) 다가설 수 없다. 그래서 선 것 같다. 익지 않은 것 같다. 낯익어야 하는데, 그래야 마음놓고 이 말 저 말 허물없이 나누고 주고받을 수 있겠는데, 낯서니 서먹서먹하고 두려움이 생긴다. 두렵다. 둘인 것 같다. '너'는 '있는 것' 같고 '나'는 '없는 것' 같다. 거꾸로 말해도 마찬가지다. '나'는 '있는 것' 같고 '너'는 '없는 것' 같다.

없는 것, 빠진 것, 빈 것, 채워지지 않는 것에 대한 두려움, 감도 익고, 밤도 익고, 불도 익고 익어 이글이글 타오르는데 왜 '너'는 선 밥처럼 익지 않아 혀에서 제 맛을 내지 못하는가? 산 설고 물 선 땅에서 마주치는 낯선 '남'으로 남아 있는가? 왜 '나'와 한자리에 있지 못하고 '나머지(남과 같은 것)'로 떨어져 있는가? 생각에 생각이 꼬리를 문다. 이 모두가 번뇌이고 전도몽상이다.

'수도修道'는 우리말로 '길 닦음'이다. 길을 닦아서 없던 길을 새로 내는 일은 힘든 일이다. 고행이다. 성철 스님이 이야기한 대자유인이 되려면 어디에 발을 디뎌도 걸림이 없어야 한다. 걸려 넘어지거나 막힘이 없어야 한다. 이것을 '득도得道'라고 한다. '길 얻음'이다. '나'인 외톨이가 홀로 동떨어져 있음은 어디로도 발 내디딜 길이 없음을 뜻한다. 어디를 둘러보아도 낯설다. '남'으로 둘러싸여 있다. '두루 무르익어 걸림돌이 없게(원융무애圓融無碍)' 해야 한다. 운수납자더러 하룻밤도 더 낯익은 곳에 머물지 말라 이르는 것은 길이 없는, 아직 길이 안 난 낯선 곳으로 가서 새롭게 길을 닦으라는 뜻이다.

이 땅에서는 신라에서 고려에 이르는 긴 세월 동안 불교가 왕실 종교였다. 힘 센 사람들이 떠받드는 '있는 것'들의 믿음이었다. 조선 왕조 때 주자학에 밀려 산 속으로 쫓겨 들어갔으나, 오랜 버릇이 붙어 '하루 짓지 않고도 하루 먹는' 이들이 불자 행세를 하는 전통은 사라지지 않았다.

'있는 것'들의 움직임에는 도드라지는 흐름이 있다. 가장 힘 있는 사람이 우두머리가 되어 맨 위에 서고 맨 앞에 선다. 그 뒤로 힘 있는 차례로 줄을 선다. 곧추선 '수직의 질서'를 세운다. 나머지는 따라가고 끌려가면 된다. 누구도 그 길을 막아서는 안 된다. 가로질러서도 안 된다. 길을 가로막는 것은 누구든 무엇이든 걸림돌로 여긴다. 세로축만 있을 뿐 가로축은 없다. 이 수직의 질서에서 빛이 드는 곳은 오른(옳은)쪽이고, 바른 쪽이다. 그늘진 곳은 왼쪽이다. 외로 꼬인 쪽이고 바르지 않은, 옳지 않은 쪽이다. 요즘 말로 '종북좌파'이다. 그러나 한 줄로 세워진 세로축이 오른쪽으로 기울면 기울수록 오른쪽(옳고 바른 쪽) 마당은 좁아지고 왼쪽 마당은 넓어진다. '나'의 편을 드는 사람은 줄어들고 '남'의 편을 드는 사람은 늘어난다.

세로가 수직이라면 가로는 수평이다. 수평에서 힘은 분산된다. 고르게 된다. '바로 고름(정등正等)'이 바로 이것이다. '가로'맞는 것이다. '가로'지르는 것은 부처가 몸 보인 행적이다. 발자취다. 임금의 자리를 이어받아 없는 것이 없는, 맨 위에 서고 맨 앞자리를 차지할 수 있었던 석가는 그 모든 것을 버리고 헐벗음과 굶주림을 몸소 겪은 뒤에 비렁뱅이 마을을 만들었다. 탁발 승려의 한 사람이 되었다.

불교 경전은 부처님이 닦아 놓은 길의 자취를 밝혀 주는 글이다. 그러나 아무리 잘 닦아 놓은 길도 날이 가고 해가 지나면 길의 모습을 오롯이 지니기 힘들다. 길은 그래서 늘 새로 닦아야 한다. 지난날에 마련된 길은 '남 살림' 길이다. 제가 가려면 제 길을 새로 열어야 한다. 달마가 동쪽으로 온 까닭은 다른 데 있지 않다. 중국불교는 경전에만 기대지 않았다. 경전만 들여다보고 부처님이 내놓은 길만 따르는 것을 남의 살림이라고 보고 제 살 길이 아니라고 보았다.

우리나라불교도 중국에서 받아들인 선불교를 원시불교에 못지않은 자산으로 보았다. 말길을 조금 돌리자면, 그리스 철학의 전통을 이어받은 서구철학과 기독교 교부철학은 싸움(엘렝코스)에서 지지 않으려고 제 말이 옳고 상대방의 말이 옳지 않음을 밝히는 데 많은 힘을 쏟았다. 말싸움, 입씨름이 그이들의 전통이었다. 그래서 제 말이 바르다는 것을 드러내려고 온갖 말치장을 다 했다. 말이 길어졌다. ('팔만대장경'도 어마어마한 말뭉치다. 인도 사람들은 그리스·로마 문명을 이어받은 서구 사람들과는 다른 전통 속에서 살았음에도 그렇다.) 그러나 중국의 사유 전통은 이와는 다르다. 한 보기로 공자의 삶을 추스른 이른바 '자서전'은 한자 서른여덟 자로 이루어져 있다. (오십유오이지우학吾十有五而志于學 삼십이립三十而立 사십이불혹四十而不惑 오십이지천명五十而知天命 육십이이순六十而耳順 칠십이종심소욕불유구七十而從心所欲不踰矩) 노자의 철학을 담은 「도덕경」도 아주 짧은 말로 이루어져 있다. 선불교의 조사들이 든 화두도 외마디이거나 몇 마디 안 된다.

이 이야기를 늘어놓는 까닭이 있다. 길게 미주알고주알 말을 늘어놓는 것은 저를 열어 주고 잘 타이르는 효과는 볼지 모르나, 스스로 깨우칠 길은 막는 경향이 있다. '내가 살던 대로 따라 살면 된다'는 우격다짐이 그 안에 담겨 있기 쉽다. 그러나 시대에 따라 삶터가 달라짐에 따라, 또 삶의 알맹이가 바뀜에 따라 옛길은 길이 아닌 곳으로 바뀌게 되고, 새로 닦아야 할 길이 가로놓이게 된다.

불교에서 그렇게나 중요하게 여기는 '초발심'이 그래서 필요하다. 저마다 제 살길을 찾아 길을 닦아야 하고(수도), 새롭게 길을 얻어야 한다(득도). 요즈음 우리 사회의 형편이 오른쪽(옳고 바른 쪽이라고 치자.)으로 너무 기울어 그 마당은 아주 좁아지고, 기득권을 지닌 사람들은 오른쪽에만 기댈 수 없게 되었다. 그 사람들이 전쟁으로 한반도의 문제를 해결하겠다고 핵무기를 휘두르고 사드 포대를 들여오겠다는 판에서는 더 그렇다.

해방 뒤로 보수가 늘 진보를 앞서는 지지자를 지니고 있었는데, 요즘 들어 이 판이 뒤집어진 까닭을 잘 살펴야 한다. 제 마음에 안 든다고 부처님 말씀에 기대 아무나 종북좌파로 몰아붙이는 게 슬기로운 대처 방안이 아님을 밝히는 까닭이 여기에 있다. 남녘에 살거나 북녘에 살거나, 왼쪽에 서거나 오른쪽에 서거나, 맞서지 말고 만나야 한다는 게 내 나름으로 부처님을 섬기는 길이라고 본다.

아름다운 부처

'온 누리에 나만 있구나, 나 아닌 것이 없구나.'
이게 부처의 '미학美學'이다.

석가모니는 임금의 아들이었다. 나라는 작았다고 하지만 아비는 임금이었고, 그가 사는 곳은 튼튼한 성으로 둘러싸여 있었다. 그리고 동서남북 네 쪽으로 성문이 나 있었다. 일반 백성들을 부려먹고 그이들이 지은 것을 빼앗는 데 길이 든 궁궐에서 자라고, 이웃나라 임금의 살붙이를 아내로 맞아 아들까지 둔 석가는, 자라고 자식까지 낳는 동안 사는 게 얼마나 고달픈지, 힘센 놈에게 빼앗기고 부림당하는 사람들의 삶이 몸으로나 마음으로나 어떻게 망가지는지 알 턱이 없었다. 한마디로 철없는 자식이었고, 철없는 지아비에 철없는 아비이기도 했다.

그랬던 그가 네 문 밖으로 고개를 내미는 순간 삶의 참모습이 눈에 들어왔다. 이것이 바로 '사문유관四門遊觀'이다. 헐벗고 굶주리는 힘 없는 사람으로 태어나, 등 구부러지고 허리 휘게 일하다가, 늘그막에 속절없이 앓아누웠다가 마침내는 숨을 거둔다(생로병사生老病死)는 게 무얼 뜻하는지 알게 된 것이다. 이것은 성 안에서만 사는 힘 있는 사람들에게는 가려진 참모습, 유식한 말로 '은폐된 진실'이다. 이것을 본 석가는 제가 누리는 행복은 저들이 겪는 불행과 뗄 수 없고, 제 기쁨이 저들의 슬픔으로 빚어진다는 것, 저들의 삶과 죽음이 나와는 동떨어진 남의 일이 아니라는 것을 뼈저리게 느낀다.

석가는 집을 나선다. 출가出家 또는 가출家出이다. 처자식도 버리고 아비 어미 뜻도 저버리고. 먼 곳으로 달아나 한 해 줄곧 흰 눈이 쌓인 봉우리가 보이는 나무 아래 똬리를 틀고 앉아 여섯 해를 버틴다. 그 사이에 남의 피와 땀으로 오른 살과 기름기가 조금씩 조금씩 몸에서 빠져나간다. 마음에 켜켜이 쌓여 있던 앗는 버릇(약탈자 근성)도 부리는 버릇(지배 논리)도 함께 떨어져 나간다. '설산수행雪山修行'은 새로운 몸 만들기와 마음 빚기로 이어진다. 굶주림과 헐벗음이 무엇을 뜻하는지 스스로 겪어 보는 사이, 그동안 성벽 안에서 배불리 먹고 따뜻한 비단 옷으로 몸을 감싸고 지냈던 허물을 벗는다.

석가는 다시 사람들 사이로 돌아온다. 사람은 혼자서 살아갈

수 있는 짐승이 아니다. 그러나 석가는 살아오는 동안 몸 놀리고 손발 놀려 스스로 제 앞가림을 하는 '법'을 한 번도 익혀본 적이 없었다. 누군가 갖다 바치는 것으로 살아왔다. 스스로 살 길을 찾지 못하면 누군가에, 무엇인가에 기대 살 수밖에 없다. 왕실에 머무는 동안의 기댐은 부림과 앗음으로 드러났다. 이제부터는 어떻게 할 것인가?

마음이 하늘이고, 하늘 마음이 내 마음과 다르지 않음(자慈, 곧 현현심玄玄心)을 깨닫고, 빼앗고 부리는 데 길든 사람들에게 그것은 살 길도 아니고 살릴 길도 아니라고 마음으로 도리질 친다(비悲, 곧 비심非心) 해서, 이 '자비심'만으로는 목구멍에 풀칠할 수 없다. 먹고살아야 한다. 사람은 사는 동안 크기는 다를지언정 먹고 마셔 똥을 산만큼 누고 쌓고, 오줌을 그 산 뒤집어 놓을 양의 두세 배쯤 누어야 목숨을 이어갈 수 있다.

그래, 빌어먹자. 남에게 손 벌리는 비렁뱅이는 마음을 비워야 한다. 이것저것 가리지 않고 주는 대로 받아먹어야 하고, 밥 한 톨, 국물 한 방울도 남기지 말고 깨끗이 그릇을 비워야 한다. 그렇게 살다 보면 사람들이 사는 모습이 보인다. 스스로 가난에 찌들면서도 먹을 것, 입을 것을 나누어 주는 사람들의 살림을 눈여겨보지 않을 수 없다. 달리 갚을 길이 없으니 말로라도 갚아야 한다. '고맙습니다.' '고맙다'는 무슨 뜻인가? 우리말 '고마'는 '하늘'이라는 뜻이다. '개마'고원, '금와'왕, 털이 검은 반달'곰', 하늘에 줄을 치는 '거미', 밑이 새까만 '가마'솥, 땅 이름 '구미', 토박이 성이라고 알려진 '김' 씨는 말의 뿌리가 모두 같다. 이 나라에서나 중국에서나 검은 빛 밤하늘을 하늘이 지닌 본디 빛깔로 여겼다. '천지현황天地玄黃', 「천자문」 첫머리에 나오는 이 말은 '천현지황天玄地黃'을 바꾸어 쓴 말이다. 우리말로 옮기면 '하늘은 검이고(검고), 땅은 누리다(누르다)'가 된다. '고마+ㅂ다'. ('ㅂ다'는 '브다'와 마찬가지로 '같다', '닮았다'를 나타낸다.) '하늘과 같다'. 먹여 주고, 입혀 주고, 재워 주는 사람들에게 '하늘과 같습니다'라고 말하면서 고개를 숙인다. 절을 한다. ('절집'이 여기에서 생겨났다고 우길 생각은 없다.)

석가는 저나 마찬가지로 몸을 놀려 먹고살 수 없는 이들, 일을 배우지 못했거나, 몸이나 마음이 성치 않아 일손을 돕지 못하거나, 그 밖의 다른 까닭으로 몸으로 때울 수 없는 사람들을 모아 비렁뱅이 마을을 따로 꾸리고 '거지 왕초'가 되었다. 그리고 이 떼거지들에게 맨 먼저 '빌어먹는 법'을 가르쳤다. ('탁발'을 가르쳤다고 해야 더 그럴듯하려나?) '일곱 집을 돌아다니면서 손을 내밀어도 얻는 것이 없으면 그 날은 굶어라', 이런 가르침도 괜히 생긴 게 아니다. 저도 먹을 게 없어서 굶고 있는 터에 비렁뱅이 살필

틈이 어디 있겠는가. 같이 먹고 함께 굶는다는 것, 뭇산이(중생)들의 살림살이를 속속들이 꿰뚫어보고, 그이들과 한마음 한뜻이 된다는 것, '동냥'은 그런 몸가짐과 마음 씀씀이를 기르는 한 '방편'이었다.

석가는 몸이 비쩍 마르고 얼굴은 쭈그렁 망태가 되어 갔으나 마음놓은(방하착放下着, 하심下心) 그 모습은 사람들 눈에 아름답게 비쳤다. 아름다움이란 무엇인가? 있을 '때'와 있을 '데'에 있을 '것'이 있고, 없을 '데'와 없을 '때'에 없을 '것'이 없으면, 다시 말해서, 빠진 것도 없고 군더더기도 없으면 '아름답다'고 할 수 있다. 석가모니 부처님은 살아가면서 줄곧 아름답게 살고 아름답게 죽는 '법'을 스스로 몸과 마음으로 일깨우고, 두루 가르쳤다. 누구에게 (이를테면 하느님이나 신령님이나 제불보살이나 뭇산이들에게) 그럴싸하게 보이려고 그렇게 산 게 아니다. 그게 아름다운 삶의 마무리라고 여겼기 때문이고, 하늘과 내가, 이웃과 내가, 삼라만상과 내가 둘이 아니라고 믿었기 때문이었다.

천상천하유아독존天上天下唯我獨尊, '존尊'이라고 쓰고 '존存'이라고 읽는다. '온 누리에 나만 있구나, 나 아닌 것이 없구나.' 이게 부처의 '미학美學'이다. 아름다운 배움, 아름다운 가르침이다. 제 몸과 마음을 빠진 것 없이, 군더더기 없이 가꾸고 빚어냄, 석가의 삶이 이러했기에, 부처를 본떠 살려고 애쓰는 이들은 부처가 마음으로 그렸던 아름다움을 기리려고 언제 어느 곳에서나 절집을 아름답게 짓고 꾸미려고 힘써 왔다고 본다. 본존불뿐만 아니라 온갖 여래, 나한, 고승 들을 정성스레 빚고, 탑과 전각, 부도들을 만들고, 팔상도, 심우도, 탱화, 단청 들에 이르기까지 힘닿는 대로 아름답게 그려 내려고 몸과 마음을 모았다고 본다.

그러나 다시 한번 돌이켜볼 일이다. 눈에 보이게, 귀에 들리게 겉으로 드러낸 그 아름다움이 참된 아름다움인가? 군더더기도 빠뜨린 것도 없는가? '때'가 지나고 '데'가 달라져도 예와 마찬가지로 한결같은가? 내 눈에는 그렇게 비치지 않는다. 내 귀에는 그렇게 들리지 않는다.

배운이(학자)들은 기름진 흙 한 줌(500그램) 속에 작은 뭇산이(미생물)들이 이 땅별에 사는 사람을 다 모아 놓은 수만큼 많이 살고 있다고 한다. 한 바가지 물 속에도, 한 줄기 바람 속에도 그만큼 살고 있겠지. 그 모두에 '부처됨(불성佛性)'이 스며 있겠지. 그런데 오늘 부처와 가장 비슷한 겉모습을 타고난 뭇산이인 사람은 무슨 짓을 저지르고 있는가? 저만 잘 살겠다고 다른 뭇산이들의 살림을 거덜을 내고 있지 않은가? 나와 남을 갈라 세우고 있지 않은가? 과학 기술의 이름으로, 문명의 이름으로, 정치, 경제, 문화, 예술의 이름으로 죽임을 일삼고 있지 않은가?

석가모니 부처님은 아름다움이나 살림을 몸과 마음으로 나누었지, 빛이 바래거나 때 지나면 스러질 것들로 빚지 않았다. 사람탈을 쓰고 사는 동안 아름답게 사는 것, 더도 덜도 말고 너도 나도 더불어 기쁘게 나누는 것(자비희사慈悲喜捨)이 부처가 삶으로 보인 길이라고 나는 믿는다.

「스님의 첫마음」(박원자 씀)을 읽었다. 우리 곁에 머물다 가신 스님이나 아직 머물고 있는 분들의 초발심을 듣고 옮긴 글을 읽으면서, '가톨릭교의 영성靈性은 교황청이 있는 바티칸에서 나오는 것이 아니라 사막의 수도원에서 나온다'는 어느 분의 말을 곱씹어 보았다. 내가 글로 본 스님들의 모습은 아름답다. 저절로 두 손을 모으게 된다. 그 가운데 이런 말도 있다.

"남을 위해 무엇을 하기보다는 남에게 피해를 주지 않는 사람이 되거라."

참 아름다운 말이다.

성철의
왕방울 눈

부처가 무어냐고 묻는데 '삼이 서 근'이라니!

성철은 가까운 이들에게 모진 스님이었다. ('모질다' 함은 '모'가, 삐죽한 모서리가 길다는 뜻을 지닌 말일지도 모른다. 모서리가 길어지면 가시가 되기도 하고 바늘처럼 찌르기도 한다.) 스님 스스로에게는 더욱 모질었다. 나중에 상좌로 받아들인 원택 스님에게 맨 먼저 이른 말이 '속이지 마라'였다고 한다. 그이가 나이 여든에 돌아가시기 앞서 읊었다는 열반송은 다음과 같다.

일생 동안 남녀의 무리를 속여서
하늘 넘치는 죄업은 수미산을 지나친다.
산 채로 무간지옥에 떨어져서 그 한이 만 갈래나 되는데

둥근 한 수레바퀴 붉음을 내뿜으며 푸른 산에 걸렸도다.

고개가 갸웃거려지기도 하고 머리를 외로 꼬게 하는 말이기도 하다. 거룩함과는 거리가 먼 노래로 들리기 때문이다. 그러나 나는 이 열반송을 읽으면서, 그래, 성철 스님은 그래도 스스로 속아 넘어가지는 않았다(저를 속이지는 않았다)는 생각을 했다.

이 열반송을 쓰고 이승을 떠나기 예순 해쯤 앞서 성철은 이런 시를 썼다.

하늘에 넘치는 큰일들은 붉은 화롯불에 한 점의 눈송이요,
바다를 덮는 큰 기틀이라도 밝은 햇빛에 한 방울 이슬일세.
그 누가 잠깐의 꿈 속 세상에 꿈을 꾸며 살다가 죽어가랴.
만고의 진리를 향해 초연히 나 홀로 걸어가노라.

성철 스님은 눈빛이 밝고 그릇이 큰 분이었다.

홀로 마신 술에 알딸딸해진 오늘 같은 날은 스님에게 엉겨붙고 싶다. 스님은 깨우침을 얻고자 하는 이들에게 '삼 서 근(마삼근麻三斤)'을 화두로 들라고 이르시는 적이 많았다고 한다. 부처가 무어냐고 묻는데 '삼이 서 근'이라니! 동산 수초洞山守初를 찾아갔던 중들 가운데 '마(삼)'를 제대로 보기나 했던 이들이 몇

이나 될까? 그게 어떻게 삼베 옷 한 벌이 되는지 생각해 본 사람은 또 몇이나 될까? 삼 서 근? 너 그거 허벅지에 대고 비벼대느라고 살갗이 벗겨지고 피가 맺히는 아낙네들 본 적이나 있나? 낱낱이 따로따로 흩어져 있는 삼 대 겉껍질 벗기고 속껍질 가닥가닥 갈라서 그걸 하나로 이으려고 밤 홀딱 새우는 꼴 보기나 했나?

스님요, '수인감사편시몽誰人甘死片時夢', 그 누가 잠깐의 꿈 속 세상에 꿈을 꾸며 살다가 죽어가냐고요? 저 같으면 눈 깜짝할 사이에 사라질 꿈이라도 그 꿈에 한 목숨 걸겠어요.

이제 벌써 마흔 해가 넘고 쉰 해에 가깝나? 나를 데리고 해인사 백련암 모퉁이에 따로 지은 장경각에 들어가 책 자랑하던 성철, 그 몸 불사르는 다비식에 삼십만 명이 넘는 불자들이 온 나라에서 모여 들었다는 그 큰스님. 늦게라도 스님에게 졌던 빚을 갚아야겠다. 선부르게 입 놀리고 얻은 말빚을 갚아야겠다. "스님이 일찍 열반에 드시거나, 마음 고쳐 장경각 서고를 개방하시거나" 라고 삐딱하게 대거리했는데, 이 나이에 들어 생각해 보니 "그거 내놓으면, 그걸 파고드는 책버러지들 먹이고 입히고 재우느라 얼마나 많은 애꿎은 중생들 피땀 흘려야 할지, 니 생각해 본 적 있나?" 그렇게 속으로 야단쳤을 스님 말소리가 귓전에 쟁쟁하다.

먼 길 걸어 나를 찾아온 어떤 사람에게 내가 대뜸 "온 바퀴 다 돌아도 좆 잡고 흔드는 것만 못해" 하고 화두 아닌 화두를 던졌다 치자. 그러면 그 말 들은 이, '바퀴? 자동차 바퀴? 바퀴벌레? 빵빵이?…' 하고 머리를 싸매겠지. 어쩌면 죽는 날까지 머리 굴리다가 마지막으로 '휴' 하고 한숨을 뱉으면서 뻗을 놈도 생길지 몰라.

원택 스님이 성철 스님 밑에서 행자로 있을 때, 도시내기인 대학 출신 이 먹물 행자에게 이렇게 야단쳤다고 한다. "혼자 사는 게 중인기라. 밥할 줄 모르고, 반찬할 줄 모르고, 빨래할 줄 모르면 우째 혼자 살겠노." 듣는 이에 따라 가시 돋친 말로 여겨질지 모르나 이런 말씀이 '원음圓音'이다. 둥근 소리, 부처님 말씀이다.

여시아문我聞如是 금강경의 첫머리에 나오는 말이다. 듣기와 읽기, 귀를 파고드는 소리의 울림과 눈에 비치는 글의 꼴이 어떻게 다른지, 왜 육조 혜능 뒤로 중국에서 경전 읽기보다 참선 수행을 더 높이 쳤는지 나는 늘 궁금했다.

불씨를 주고받아 등불이 이어지듯이, 말에서 말로 이어져 내려오던 석가모니 부처의 가르침이 어떻게 해서 그 많은 경전으로 묶이게 되었을까? 불교 종단이라는 위계 질서가 어떻게 생겨나 조직화되고, 벼슬아치들에게나 어울림직한 이름들이 위아래로 붙게 되었을까? 나는 모른다. 그러나 석가모니 부처가 죽고 꽤 긴 세월이 흘러 불교가 세속 권력과 손잡은 왕실 종교, 국교가 되면서 팔만사천이라고 헤아려지는 경전으로 묶이고, 그러면서 그것을 보는 '눈'이 말을 듣는 '귀'를 앞지르게 되었다고 본다. 기독교도 마찬가지였다. 예수의 열두 제자가 들었다는 '복음福音'은 그이가 죽은 지 삼백 년이 흘러서야 로마 황제의 돌봄 아래 '복음서(「신약성경」)'로 엮였다 한다. 동양에서나 서양에서나 거의 모든 사람이 까막눈인 세상에서 글을 읽을 수 있는 사람은 몇 안 되었고, 그이들은 직간접으로 힘 있는 사람(권력자)에게 끈이 닿아 있었다.

'경經'에 기대는 사람은, 예수를 믿거나 부처를 믿거나 가리지 않고 '말씀을 듣는 것'을 접어두고 '글을 읽었다' 말에는 '울림'이 있지만, 그리고 흐르지만, 글은 한자리에 붙박인 단단한 '꼴'로 줄 세워져 있다. 소리의 떨림은 '틀'로 굳어 있다. 부르는 소리와 긋는 줄 사이에는 오갈 수 없는 틈이 생긴다. 이어주기와 떼어 놓기, 귀와 눈, '안식眼識'과 '이식耳識', 이것은 파바로티의 노래와 피카소의 그림만큼이나 거리가 멀다.

글은 그림과 함께 '우상偶像'을 그리고 세운다. 그리고 그것은 그것을 쓰고, 그리고, 짓거나 만든 사람이 죽고 나서도 사라지지 않는다. 그러나 말은 소리로 흐른다. 지난 소리는 꼬리를 감추고 입 밖에 내지 않은 소리는 아직 고개를 디밀지 않았다. 글이 일방통행이라면 말은 쌍방통행이다. 한쪽으로만 열린 길과 오가는 길이다. 책으로 묶인 예수나 부처의 말씀, 복음이라고 불러도 원음이라고 불러도 좋을 그 말씀은 내리 먹일 뿐이지만, 선문답은 주고받는다. 어떤 때는 퉁명스러운 외마디 '없어(무無)!'로 끝나기도 하고, 같은 물음에 다른 대답이 들려오기도 하지만, 문답이고, 주고받는 말이다. (유식한 말을 쓰자면 글은 '모놀로그', 독백이고, 말은 '디알로그', 대화이다.)

"부처가 무어요?"
"(그런 거) 없어!"
"똥막대기여."
"삼 서 근."
"저 뜰 앞에 선 잣나무."

이런 말 속에 어떤 뜻이 담겨 있는지 알아내는 것은 듣는 사람 몫이다.

저마다 다른 길을 내고, 찾고, 닦고, 걷지만, 그것도 다 달을 가리키는 손가락이요, 흐르는 물에 뜬 달그림자다. 그리고 열반, 너나없이 허물을 벗는다. 죽는다. 뼈마디도, 그것의 바뀐 모습인 '사리'도 어느 결에 흩어졌다 사라진다. '톨'로 엉겼던 것들이 차츰차츰 '결'로 풀린다. '해방'이다. 돌돌 뭉친 톨이 데굴데굴 구르면서 한 가닥 또 한 가닥 마치 삼실 타래가 풀리듯이 풀려나간다. 풀리면서 끝없이 이어지는 '결'로 돌아간다. 언젠가 다시 되감기겠지. 꼴도 모습도 달라진 또 다른 삼베옷으로 지어지겠지.

제행무상諸行無常, 늘 그대로인 것은 아무것도, 아무 때도, 아무 데도 없다. 그러니 어찌하랴. "그러니께 '자비희사'하라는 거여, 이놈아야." 성철이 몽둥이 들고 쫓아오는 것 같다. 또 속이고 있다. 남도 속이고 나도 속이고…. 헤헤. 잿밥에만 마음을 둔 염불念佛이다.

뉴스를 본다. 일흔 넘긴 늙은이들의 추한 꼴이 여기저기 보인다. 전직 대법관, 헌법 재판관, 변호사 협회 회장, 판사, 검사, 목사, 정치인. 그 사이에 멸빈당한, 그래도 허울은 그럴싸하게 차린 '현직' 스님…. 그러게 늙으면 죽어야지. 나도 마찬가지. 아스팔트를 피로 물들이겠다? 이미 그 아스팔트는 피로 물들었다. 한 차례만 아니고 여러 차례 물들었다. 당신들과 내가 함께 몽둥이를 휘둘렀다. 또 그러고 싶은가?

조서나 판결문? 언제 예수가, 석가모니가, 그런 걸 쓴 적이 있나? 그리고 그걸 믿으라고 윽박지른 적이 있나?

저잣거리를 서성이면서 한 번도 저자에 발 디딘 적이 없던 성철 스님에게 마지막 불퉁스러운 한마디.

"스님, 이 꼴 안 보고 잘 가셨슈."

달마가
동쪽으로 온
까닭은?

만일에 '중생이 곧 부처'라면 중생 말 가운데 하나도 버릴 것이 없겠지.
모두 귀담아들어야겠지. 입 열기에 앞서 먼저 귀를 열어야겠지.

달마가 동쪽으로 온 까닭은? 서쪽에서 살기 힘들었기 때문이다. 동쪽은 중국이고 서쪽은 인도다. 달마는 서쪽 나라에 발붙이고 살 수 없었다. 왜? 중들이 경전에 적힌 부처님 말씀과 다른 말을 해서. 왜 그랬을까? 그때 이미 인도에서는 불교가 승려들이 왕권과 결탁해서 글을 '모시는' 유식한 특권층 종교로 탈바꿈해 있었다. 경전을 읽고 소화할 수 있는 사람이 아니면 중노릇도 할 수 없었다. 까막눈이 절집 언저리에 기웃거린다는 건 꿈도 꿀 수 없었다. 중들은 힘 있는 놈들이 힘 없는 사람들에게서 빼어다 준 것들에 기대 살면서, 그것들이 벌이는 침략 전쟁, 약탈 전쟁을 정당화하는 논리와 이념을 부처님 말씀으로 제공했다. 산스크리트어든 팔리어든 글로 되어 있는 경전은 교양 있는 특권 계급의 전유물이었고, 일반 중생들은 그이들 입에서 나오는 말들을 모두 부처님 말씀으로 곧이들을 수밖에 없었다. 팥으로 메주를 쑨다고 해도 그러려니 할 수밖에 없었다. 그 말에 딴지를 걸면 언제 어떤 화를 입게 될지 몰랐으니까. 이 생지옥이 염라대왕을 만들고 화탕 지옥과 칼산 지옥을 빚어냈다.

"그게 아냐. 부처님은 아무 말도 하지 않았어. 스스로 그렇게 말씀하셨어. '난 아무 말도 하지 않았다'고. 죽을 때 꽃 한 송이 들어 보였을 뿐이야. 그걸 보고 가섭이 몰래 웃었지. 마음에서 마음으로(이심전심以心傳心). '내 마음만 받아라.' '예.' '가난한 할미가 켜든 등불 보았지?' '예.' 부처님 내세워 창칼 들고 나가서 싸우다 죽으라는 말 다 헛소리야." 달마가 이 따위 말이나 지껄이면서 거룩한 부처님 말씀이 적힌 경전을 무시하니 곱게 보였겠어? 언제 어느 놈에게 쥐도 새도 모르게 죽을지 모르는 판이었다. 달마의 말을 그럴싸하게 듣고 따르던 이들 가운데 끼어 있던 뱃놈이 달마를 동쪽으로 실어 날랐다. 황당한가? 내친 김에 더 어이없을 말을 덧붙여 보자.

동쪽은 그래도 서쪽과는 달리 부처님 말씀 제대로 알아들어 평화롭게들 살고 있으려니 하고 살펴보니, 여기도 매한가지였다. 양나라 무제라는 사람도 겉으로는 불제자 행세를 하고 있었지만 실은 부처 팔아 전쟁을 일삼는 전쟁광이었다. '내가 부처님 말씀 따라 백성들을 불국토에 살게 하려고 이런저런 일을 하고 있노라'고 자랑질을 하는데, 듣다 보니, 사람들을 싸움판으로 내몰아 죽이는 것으로 '열반'에 들게 하는 게 그 자가 일삼는 짓이었다. 북녘으로 달아났지만 거기도 마찬가지였다.

'차라리 보지 말자.' 어차피 동쪽(중국) 말은 알아듣기도 힘들었고, 입 밖에 내는 말도 서툴 수밖에 없었다. 게다가 걸핏하면 칼 든 도둑놈들이 절집까지 쳐들어와 애써 지어 놓은 먹을 것 죄다 앗아가기 일쑤였다. '제 몸 제가 지키고, 우리 살림 우리 힘으로 지키는 수밖에 없다.' 소림사 무술은 이렇게 생겨났다. 면벽 참선과 무예 수련을 겸하는 곳이었다.

한겨울에 혜가가 찾아왔다. 외팔이였다. 싸우다 쫓겨왔겠지. "팔 하나로 무얼 하겠노? 여기서 함께 살자." 달마의 '법통'이 세워지기 시작했다. "머리 쓰지 않아도 살 곳이 있다, 경전 몰라도 마음놓을 데가 있다." "해 뜨면 일하고, 해 지면 염불하고." 한 입 건너고 두 입 건너 소문이 널리널리 퍼지기 시작했다.

그때까지는 묵조선과 간화선이 하나였다. 마음 주고받을 길만 있으면 되었다. 그런데 여기에도 '먹물'들이 끼어들기 시작했다. 조직이 갖추어지면 위계 질서가 생겨나는 것은 나라나 절집이

나 조폭 세계나 마찬가지이다. 조직이 생기면 우두머리가 나타나고, 그 밑에 참모가 따른다. 참모들은 머리를 써야 한다. 이 참모들이 조직 운영상 필요한 계율을 만들어내려고 경전을 파고든다. 이 경전이 왕권과 결탁해서(우리말로 하면 '짬짜미'이다.) 엮이는 동안, 부처님이 거지 왕초 노릇을 하면서 더러 한 이야기를 뼈대 삼아 이런저런 계율이라는 것을 빚어냈는데, 번거롭기 짝이 없어서 사람들을 옴짝달싹 못하게 하는 구석이 있다. 부처가 되려면 아예 사람 탈을 벗어던져야 할 만큼. 그래서 선불교 다섯 번째 할아버지인 홍인에 이르러서는 '북종'이라는 종파 불교가 자리를 잡는다. 홍인 다음으로 예약된 우두머리가 신수다.

잘 나가는 판에 혜능이라는 까막눈이 끼어든다. 이미 앞서 한 차례 너스레를 떤 적이 있거니와 그는 '일자무식'이다. 사형들이 온갖 구박을 해서 떨쳐내려고 하지만 돌확(절구통)까지 지고 방아를 찧으면서 죽기살기로 덤볐던 '육조六祖'(나중에 '법통'이 그쪽으로 이어졌다고 우기는 사람들이 늘어나면서 부르는 이른바 '추증'이다.)는 쫓겨나면서 "아, 나 같은 무지렁이 마음도 몰라주는 니네들, 그 잘난 머리로 빈 거울이나 부지런히 닦으면서 잘 먹고 잘 살아" 하고 투덜거린다. 마음은 콩밭에 놓아 두고 '강경講經 급제'라도 할 것처럼 도끼로 콩알 쪼개고 있는 무리들 틈에, "혜능 말이 맞아. 유식하고 교양 있는 놈만 부처님 말씀 알아들을 수 있다면 백에 아흔아홉이 까막눈인 세상에서 부처될 놈 몇이나 나오겠어. 우리가 알기로는 부처님 첫 제자 다섯 가운데 경전 읽었다는 놈 하나도 없어. 부처님이 경전 보고 설법했간디?" 하며 수군거리는 이들이 하나둘 나타나더니 8~9세기에 이르러 이들이 중국 선불교의 대세를 이룬다.

이제 달마는 한반도(조선반도)라는 땅끝에서 대롱거리고 있다. 섬마을인 일본을 빼고 보면 그렇다. 더 밀리면 죽음이다. 그런데 불자라는 사람들은 무얼 하고 있는가? 나같은 무지렁이 뭇산이가 무엇을 알랴마는 조짐이 심상치 않다. 마음에서 마음으로 이어져 온다는 부처님 말씀이 뭇산이들 가슴에 제대로 새겨지려면 이이들이 '마음'이라는 말을 어떻게 쓰고 있는지 귀담아 들어야 한다.

"마음에 든다, 마음(에) 있다, 마음(에) 없다,
마음에 찬다, 마음(을) 놓는다, 마음(을) 붙인다, 마음(을) 쓴다,
마음(으로) 삭인다, 마음을 썩인다, 마음(을) 푼다,
마음 움직인다, 마음이 통한다, 마음을 튼다, 마음이 풀린다."

(이것은 남영신이라는 국어학자가 「보리 국어 바로쓰기 사전」에 담은 '마음' 항목에서 추린 말이다.)

이밖에도 '마음'을 나타내는 말은 여럿 있을 게다. 불교와 연관되는 속담도 있다. '마음에 없는 염불', '염불에는 마음이 없고, 젯

밥에만 마음이 있다'. 마음은 오가기도 한다. 오는 마음도 있고 가는 마음도 있다. '마음이 편해야 먹은 것이 살로 간다'는 말도 흔히 들을 수 있고, '마음처럼 간사한 건 없다'는 푸념도 있다.

부처님이 전해 준 마음은 이 가운데 어떤 마음이었을까? 내 마음은 속삭인다. '가릴 것 없어. 그거 모두야.' 부처님이 마음에 없는 말을 했을까? 아니겠지. 따지고 보면 팔만사천 경문이 모두 부처님의 마음 자락을 드러낸 말이겠지. 만일에 '중생이 곧 부처'라면 중생 말 가운데 하나도 버릴 것이 없겠지. 모두 귀담아들어야겠지. 입 열기에 앞서 먼저 귀를 열어야겠지. 아이들이 자라는 모습을 보면 그러지 않던가? 귀가 열린 지 한 해쯤 뒤에나 입이 열리지 않던가?

말은 왜 하는가. 혼자 살 수 없어서 하는 게 아닌가? 함께 살자고, 일손도 나누고 마음도 나누자고 하는 게 아닌가? 그런데 남의 말 듣지 않고 제 말만 앞세우는 사람들이 있다. 떠들어대는 소리가 귀청을 때리지만 아무도 듣지 않는다. 그야말로 '공염불'이다. 절집이라고 다른가? 안 그런 것 같다. 저마다 말하기만 좋아하지 들으려고 하지 않는다.

달마는 말을 아낀 사람이었다. 그렇다고 혼잣말을 웅얼거리지는 않았다.(내가 보기에 글로 쓰인 것은 모두 혼잣말이다. 부처님 경전이라고 해서 주고받는 말이라고 할 수 없다.) 불교, 특히 선불교에서 '사조思祖의 전통'이라는 것은 마음을 주고받는 말, '대화'로 이루어져 있다. '독각승'이라는 말도 있지만 이것도 누군가와 주고받은 말 끝에 깨우친 중이라는 뜻이지, 스승 없이 홀로 깨친 이라는 말은 아니다.

따지고 보면 내가 지금 끼적이는 것도 혼잣말이다. 스승이 없어서 이 짓을 하고 있다. 살아오는 동안에는 스승 복이 많아서 많은 어른들에게 배웠지만, 그 배움이 뭇산이의 마음을 제대로 헤아려 마음놓고 살 세상을 이루는 데 도움을 주지 못하고, 하릴없이 늙어 꼬부라져 이제 하루를 살기도 힘든 사람들의 등에 업혀 살 수밖에 없는 지경에 이르렀으니, 성철 스님 말마따나 이 허물이 하늘을 덮고도 남음이 있다.

뒤늦게 뉘우친들 무얼하나. 그래도 한 가닥 바람이 있다면, 나처럼 마음 졸이고 살지 말고, 젊은이들이, 어린 것들이 마음놓고 사는 세상이 오는 것이다.

한마음 바로 먹으니 한맛이더라

'일심'과 '일미'(한마음 한맛),
귀에 익은 이 말은 예수 입에서도 원효 입에서도 나왔다. 따지고 보면
이들은 땡볕을 온몸으로 받으면서 소금밭을 일군 사람들이라고 할 수 있다.

원효 스님의 「대승기신론소」에 아래와 같은 알쏭달쏭한 말이 있다.

"참같음(진여眞如)은 그 몸(체体)이 한결같아(평등平等) 모든 꼴(상相)을 여의었다고 말했는데, 어째서 다시 참같음 몸에 이런 여러 품너름(공덕功德)이 있다고 하는가?"

"대답하기를, 이런 모든 품너름에 뜻이 있는 건 맞지만, 따로 나뉜 꼴이 없어서 똑같은 한맛(일미一味)이고 하나뿐인 참같음이다."

'한맛'이라. 뒤이어 이 '한맛'은 '한마음(일심一心)'으로 드러난다. 마음먹고 입맛을 다셔보니 한맛이더라. 이 맛 저 맛 가려지지 않더라는 말인데, 시심마是甚麼, 이게 뭐지? 무언가 우리 입에 들어오면 혀는 그 맛을 가려낸다. 우리는 그 맛을 가려 크게 다섯 가지로 나눈다. 단맛, 신맛, 매운맛, 쓴맛, 짠맛.

모든 것을 크게 다섯으로 갈라 보는 것은 우리의 오랜 버릇이다. 빛(색色)은 푸르고, 붉고, 누르고, 희고, 검다. 풀(초목草木)은 푸르고, 불(화火)은 붉고, 누리(황토黃土)는 누르고, 해(일日)는 희고, 검(현玄), 밤하늘은 검다.

우리 머리통에는 파인 구멍이 여럿이다. 말하자면 '얼'의 '굴'을 이루는 그 구멍에는 눈구멍, 귓구멍, 콧구멍, 목구멍, 땀구멍들이 있는데, 그 구멍들이 한데 모인 곳이 얼굴이다. 얼로 이어지는 구멍들이다. 그 구멍에는 저마다 지킴이들이 있다. 귀에는 달팽이가 도사리고 있고, 눈에는 동자가 지켜보고 있다. 코에는 늘 젖어 있는 물렁이가, 혀에는 가끔 바늘로 날을 세우는 돌기들이 문지기 노릇을 한다. 살갗에서는 소름이 돋기도 한다.

아린 맛, 떫은 맛, 쏘는 맛까지 곁들인 갖가지 맛이 혀를 거쳐 위에서 버무려지고 녹아 핏줄에 스며들면, 허파로 들어온 불(산소)이 그것을 땔감으로 삼아 붉게 태운다. 이렇게 탄 맛이 피의 맛이고 짠맛이다. 말하자면 불에 탄 물맛이고 물 탄 불맛이다.

'물불 가리지 않는 맛'이라고나 할까. 이 골 물 저 골 물이 서둘러 흘러내려 때로는 느긋하게, 때로는 감돌고 휘돌면서 빠르고 느린 강줄기를 이루다가, 그 사이에 온갖 맛 다 부둥켜안고 바다를 이루는 맛도 드디어 '한맛', 곧 짠맛이라고 할까. (불에 탄 물맛, 물 탄 불맛이 피를 타고 돌다가 살갗에 난 구멍으로 스며 나오는 땀도, 거시기 머시기 구멍으로 나오는 오줌도 그 맛은 짜다.)

'쓴맛 단맛 다 보았다', '쓰다 달다 말이 없다', '매운맛을 보여 주마', '달거든 시지나 말거나, 시거든 쓰지나 말거나'…. 맛으로 드러내는 우리말은 얼마나 많은가. 전라도 사투리에 '물짜다'는 말이 있다. '나쁘다'는 뜻인데, 이 말은 '물이 짜다'에서 나온 것으로 여겨진다. 우물물에 짠맛이 섞여 있으면 그 물맛은 입에 맞지 않다. 몸이 버린 땀맛이고 오줌맛이니, 이미 버린 맛이니 들이켜서 몸에 좋을 턱이 없다. 그래서 나쁜 맛이다.

그런데 원효는 왜 한마음(일심一心)이 빚어내는 한맛(일미一味)을 온갖 다른 맛 다 제쳐놓고 짠맛이라고 했을까. 얼핏 생각해도 단맛이 가장 좋은 맛 아닌가. 억지로 알음알이 내자면 이런 생각을 할 수도 있겠다. 짠맛은 바다에 기대거나 몸담고 사는 것들의 살갗을 적시고 몸에 스며들고 몸에서 스며 나온다. 몸을 적시는 게 어디 물뿐이랴. 물에 스며드는 온갖 빛들(햇빛, 별빛, 달빛), 거기서 스며나는 검빛, 어둠의 빛도 혀끝을 대면 짜겠지. 빛도 섞이고 모이면, 그래서 무언가를 태우면, 태우면서 몸도 마음도 젖어들게 하면, 적시면 그 맛도 바닷물처럼 짜겠지.

빛과 소금이 있다. 모든 것을 환히 밝혀 이것저것을 가려볼 수 있게 하는, 가난한 여인이 켜들었던 등불을 낳는 햇살과, 삭히되 썩지는 않게 하는 바닷물에서 걸러낸 소금이다. 일심과 일미, 귀에 익은 이 말은 예수 입에서도 원효 입에서도 나왔다. 따지고 보면 이들은 땡볕을 온몸으로 받으면서 소금밭을 일군 사람들이라고 할 수 있다. 피와 땀, 이들이 흘린 것이 어찌 이것뿐이랴.

내 눈 앞에 책 한 권이 있다. 「원효의 대승기신론소·별기」, 은정희 교수가 쓴 책인데, 내가 보기에는 학자들의 글쓰기에 본보기가 되어 마땅한 책이다. 이 책의 첫머리에 나오는 해제에서 은정희는 이렇게 말한다.

"그(원효)의 사상은 '뭇 경전의 부분적인 면을 통합하여 온갖 물줄기를 한맛의 진리 바다로 돌아가게 하고, 불교의 지극히 공변된 뜻을 열어 모든 사상가들의 서로 다른 쟁론들을 화회和會시킨다'(「열반경종요涅槃經宗要」)라는 말로 요약할 수 있는 화쟁和諍 바로 그것이라 할 수 있다."

"싸움은 말리고 흥정은 붙이고." 원효가 했음직한 말이다. 이 말은, 흥정은 고개 저어 말리고 싸움은 등 떠밀어 붙이는 이 세상 사람들이 깊이 새겨들음직한 말이다. 이 나라 꼴은 지금 싸움 붙이고 흥정 말리는 힘센 나라 등쌀에 몸살을 앓다 까무러치기 직전이다. 아메리카 합중국 얼간이 트럼프는 이 땅에 촘촘한 거미줄을 치고, 남녘과 북녘에서 힘겹게 살고 있는 우리나라 사람들을 날파리로 여겨 모두를 먹이 삼아 중국에 대들 꿈을 꾸고 있고, 일본의 아베는 다시 군국주의의 깃발을 꺼내 휘두르고 있다. 그뿐인가. 이 땅 한 모퉁이에는 아직도 통일신라의 꿈에서 깨어나지 못한 중생들이 걸핏하면 성조기와 태극기를 흔들어댄다.

은정희는 또 이렇게 적어 놓고 있다.

"원효는 염정무이染淨無二, 진속일여眞俗一如라는 그의 학문적 이론을 당시의 신라 사회에서 대중과 함께 몸소 실행에 옮겼던 드문 실천가였다. 당시 신라 사회는 원광과 자장의 교화에 큰 영향을 입었으나, 불교의 수용면에서 왕실을 중심으로 하는 귀족층과 서민층 사이에는 아직도 괴리가 있었다. 이러한 때에 혜공, 혜숙, 대안 등이 대중 속으로 깊이 파고 들어가 대중들에게까지 불교를 일상 생활화시킴으로써 유익한 의지처가 되게 하였다.

원효 역시 이들의 뒤를 이어 당시의 승려들이 대개 성내의 대사원에서 귀족 생활을 하고 있었던 것에 반하여, 지방의 촌락, 가항街巷 등을 두루 돌아다니며 무애無碍박을 두드리고 '모든 것에 걸림 없는 사람이 한 길로 생사를 벗어났도다'라는 구절로 노래를 지어 부르면서 가무와 잡담 중에 불법을 널리 알려 일반 서민들의 교화에 힘을 기울였다."

염정무이, 진속일여, 말이 구식이어서 그렇지 뜻은 깊다. 이 때 저 때 다 타서 더러워진 시궁창물이나 깨끗하게 맑은 옹달샘물이나 그저 그 물이지, 이 물 따로 저 물 따로 있는 게 아니다.

싸움판이 벌어지면 이겨도 져도 그 뒤끝은 쓰라리다. 큰 싸움도 작은 싸움도 마찬가지다. 신라는 고구려와 싸우고 백제와 싸워서 이긴 끝에 이른바 '통일신라'를 이루었지만, 버시(남편) 잃고 아들 잃은 뭇산이들의 마음은 갈기갈기 찢어지고 흩어져 쓰고 아렸다(쓰라렸다). 그 마음을 달래려고 원효는 이 마을 저 마을, 이 골목 저 골목을 누비면서 쪽박을 두드리며 춤추고 노래했다. 그것은 넋두리였다. 죽은 넋을 고이 보내고 산 이들의 넋을 달래는 넋두리였다. 삶과 죽음을 벗어난, 그래서 '모든 것에 걸림 없는 사람', 청허(서산 대사)가 「선가귀감」에서 말한 '빈손으로 왔다가 빈손으로 간(공수래 공수거空手來空手去)' 이들을 보내는 살풀이 춤이자 진혼곡이다.

선거도 싸움이다. 이긴 사람이 있으면 진 사람도 있다. 이긴 사람 마음 다르고 진 사람 마음 다르다. 한결같지 않다. 이 마음을 하나로 끌어모아야 한다. 쉽지 않은 일이다. 그래도 애써야 한다. 더 큰 싸움, 이 나라 목숨이 걸린 싸움이 눈앞에 있기 때문이다. 미국과 일본, 러시아와 중국이 한반도를 판돈으로 걸고 노름판을 벌이고 있다. 구한말 정세와 크게 다르지 않다. 이 노름판 끝에 언제 드잡이질이 벌어질지 모른다. 더구나 아메리카 합중국과 일본 제국에서는 전쟁광들이 트럼프와 아베를 앞세워 한반도 남녘땅을 전쟁기지로 바꾸려고 눈이 벌게 있다. 이 마당에 국론이 갈라지면 너나 나나 살 길이 없다. 한데 모여야 한다. 한마음이 되어야 한다. 그래야 살 길이 열린다.

화쟁和諍, 입씨름을 하되, 마음놓고 마음껏 지껄이되 그 뒤에는 마음의 평화가 따라야 한다. 다시 말하건대 우리는 남녘에 산다고 대한민국 국민이 아니고 북녘에 몸담고 있다고 조선민주주의인민공화국 인민이 아니다. 어디에 발붙이고 있어도 '우리나라 사람'이다. 원효는 신라가 이긴다고, 이겼다고 기뻐 날뛰지 않았다. 청허는 살생하지 말라는 계율을 어기고 싸움터에 나섰다. 그것이 침략 전쟁이었기 때문이다. 그 싸움이 제 나라에서 벌어진 드잡이가 아니라 애먼 나라 사람들 목숨을 앗아간 살육이었기 때문이다.

사백오십만, 육이오전쟁 때 스러져간 우리나라 사람들의 목숨이다. 다시 이 땅에서 전쟁이 일어나면 단 한 사람도 살아남지 못하리라. 그러니 남녘에서도 북녘에서도 한마음 한뜻으로 외쳐야 한다.

"전쟁 반대! 조국 통일! 영세 중립!"

불국토의 꿈, 영세중립 통일연방 코리아

불국토의 밑돌을 사랑으로 놓아야 한다. 사랑이란 무엇인가?
이제까지는 없었던 새로운 삶을 그리고, 꿈꾸는 데 쓰이는 말이다.

'나무아미타불 관세음보살'은 염불이다. 모두 보태면 열한 자이다. 이 땅에서 오랫동안 가장 '영험한' 염불이었다. 지금까지 천년이 넘게 읊어왔다. '영세중립 통일연방 코리아', 이것도 염불이다. 마찬가지로 열한 자이다. 이제부터 영험해질 염불이다. 다섯 해만 남녘과 북녘이 온 마음 다해서 너도 나도 읊으면 이 땅이 머지않아 불국토가 될 염불이다. 아무 뜻도 모르고 무턱대고 읊어도 된다.

'길'이라는 말이 있다. 한자어로는 '도道'이다. 길 대신에 '선線'이라는 말을 쓰기도 한다. 호남선, 경부선, 삼팔선, 휴전선에 쓰이고 있는 선이다. 호남선과 경부선은 제국주의 일본이 현해탄 건너 중국을 침략할 무기와 병력을 실어 나를 목적으로 깔기 시작한 철도이다. 삼팔선과 휴전선은 이 땅을 동강내서 남과 북을 갈라놓은 '강대국'('강도국'으로 바꿔 부른들 어떠랴.)들이 그어 놓은 것이다. 1945년에 미국과 소련이 그어 놓은 눈에 안 보이는 이 죽음의 길 때문에, 1953년 '정전선'이 '휴전선'이라는 이름으로 바뀔 때까지 죄 없는 이 나라 사람들이 사백오십만 명이나 죽었다. 그런데도 전쟁은 아직 끝나지 않았다. 휴전休戰이라는 말 그대로 겉으로는 쉬면서 속으로는 다시 전쟁을 준비하고 있다. 북녘에서는 핵무기를 개발하고 남녘에서는 사드 포대를 배치하고 있다. 이대로 내버려두었다가는 다 죽을 판이다.

새 염불이 필요한 것은 이 때문이다.

'영세중립 통일연방 코리아.'

염불은 굳이 그 뜻을 미주알고주알 밝히지 않아도 되지만, 앞으로 누구나 읊어야 할 염불이니 선부르게나마 '이 뭣고'를 밝히는 것도 좋겠다. 용수는 「중론中論」이라는 글을 썼다. 중도中道를 밝힌다고 쓴 글인데, 이 글 잘못 읽으면 샛길로 빠진다. 얼핏 들으면 야바위꾼의 '잘 봤다 못 봤다 말씀을 마시고'로 들린다. 이를테면 이런 식이다.

있는 것은 있고 없는 것은 없다.

없는 것이 없으니 다 있다.

있는 것이 없으니 하나도 없다.

없는 것이 있는 것이고 있는 것이 없는 것이다.

없는 것은 없는 것이 아니고 있는 것은 있는 것이 아니다.

있는 것은 없는 것과 다르지 않고, 없는 것은 있는 것과 다름이 없다.

누가 조주에게 찾아가 "개한테도 불성佛性이 있습니까?" 하고 물었을 때 '없다'고 말했다는데, 앞뒤 다 떼어버리고 '무無'자 화두만 붙들고 매달리라고 하는 것과 마찬가지다.

'중도'라는 것도 마찬가지다. 그걸 '선'으로 바꾸어 놓으면, 게다가 그 선이 길이만 있고 넓이는 없는 눈에 보이지 않는 줄이라면, 그 위에 올라선 놈은 한 발짝도 떼기 전에 죽은 목숨이다. 왼발만 보면 좌익이고 오른발만 보면 우익이니, 너도나도 좌익 아니면 우익으로 몰려 살아남을 길이 없다. 그 좌익, 우익이라는 딱지를 누가 붙여 놓았는가. 삼팔선을 그은 놈들이다.

이 땅에 몇천 년 동안 뿌리내리고 살아온 우리 민족이 그었는가? 아니다. 중도는 선이 아니다. 사람이 걸어온 길이고, 걸어서 새로 만들어야 할 길이다. 길은 왜 내는가? 살려고 낸다. 죽을 길이라면 아예 들어서지도 않는다. 리영희 선생이 한 말이 있다. "새는 좌익(왼 날개)과 우익(오른 날개) 두 날개로 난다." 새를 사람으로 바꾸면 '사람은 왼발과 오른발 두 발로 걷는다'가 된다. 아닌가? '빨갱이'는 왼발로만 걷고 '자본주의 주구'는 오른발로만 걷는가?

두 발로 서는 것이 '중립'이고 두 발로 걷는 길이 '중도'이다. 세 살 난 어린애도 알아듣는 말이다. 힘 센 놈이 있어 왼쪽으로 끌어당겨도 끌려가지 않고, 또 다른 힘 센 놈이 오른쪽으로 낚아채도 뿌리치는 몸가짐 마음가짐이 바로 중립이다. 이 몸가짐 마음가짐으로 스위스도 오스트리아도 코스타리카도 중립을 이루어냈다. 제 발로 섰다.

쉬운 길은 아니다. 이 나라의 북녘은 왼쪽으로 남녘은 오른쪽으로 기울어 있고, 한반도 북녘은 사회주의(공산주의) 체제가 들어서고, 남녘은 자본주의 체제가 똬리를 틀고 있는 판에는 더 그렇다. 억지로 어느 한쪽에서 '흡수 통일'을 하려고 들면 전쟁을 다시 일으킬 수밖에 없는데, 이 땅에서 다시 전쟁이 일어나면 살아남을 사람이 없다. '평화 통일'이 이루어져야 하는데, 그러려면 '연방'이라는 과도기를 거쳐야 한다. 남녘은 북녘의 체제를 인정해야 한다. 온 나라를 백두산 영봉까지 태극기로 도배하려고 들지도 말고, 한라산 백록담까지 인공기로 덮으려고 들어서도 안 된다. 양쪽 다 '한반도기'를 들어야 한다. 이미 그런 적이 있다.

'정전 협정'을 '평화 협정'으로 바꾸고, 북녘에서는 핵무기 개발을 멈추고, 남녘땅에는 중국까지 겨냥하는 사드 같은 무기를 들여놓지 말아야 한다. 우리 힘만으로 될 일은 아니다. 그래서 하는 말이다. 이 땅에 좋은 뜻을 지닌 친일파, 친미파, 친중파, 친러파가 무더기로 나타나야 한다고. 일본에 아베 같은 전쟁광들만 있는 게 아니다. 다른 나라에도 마찬가지다. 전쟁 무기를 팔아서 한몫 챙기려는 전쟁 상인들과, 제 나라 젊은이, 다른 나라 아이들과 애엄마까지 깡그리 죽이겠다고 덤비는 전쟁광들은 어느 나라에나 한 줌밖에 안 된다. 나머지 사람들은 이 나라 남녘과 북녘에 사는 보통 사람들과 마찬가지로 '평화 세력', 평화를 바라는 사람들이라고 보아야 한다. 우리는 이 사람들과 '평화국제연대'를 이루어야 한다. 다행히 길이 열려 있다. 에스앤에스SNS를 통해서 우리는 실시간으로 이이들과 이야기도 나누고 정보도 주고받을 수 있다.

그런데 왜 하필이면, '할렐루야'나 '아멘' 또는 '알라'나 '알라이쿰'이 아니고, '관세음보살 나무아미타불'을 대신한 '영세중립 통일연방 코리아'인가? 이것은 불교의 오랜 역사와 깊은 관계가 있다. 내가 알기로 불교는 종교의 이름으로 전쟁을 벌인 일이 없다.

알라의 이름으로 다른 나라에게 칼과 코란 가운데 어느 하나를 받아들이라고 윽박지른 적도 없고, 하나님의 이름으로 십자군 전쟁을 일으킨 적도 없다. 부처님 말씀은 말 그대로 부처님 말씀이고 나도 살고 너도 살리는 평화의 말씀이다. 이 나라에도 여러 차례 전쟁이 있었지만, 부처님을 앞세워 죽고 죽인 일이 없다. 세계적인 종교 가운데 불교만이 이른바 종교전쟁을 일으킨 적이 없다.

불교에서 '알음알이'로 치는 생각 생각은 모두 지난날에 겪어서 머리 속에 차곡차곡 간직해온 이른바 '정보'로 이루어져 있다. 「능엄경 언해」에는 '기억'을 뜻하는 '억憶'이라는 말은 '생각'으로 옮겨져 있다. 그런데 지난날 한번이라도 지구상에 불국토가 이루어져 본 적이 있었던가? 없다. 그렇다면 불국토는 지난날의 기억을 끌어모아 재조립해서 이룰 수 있는 게 아니다. 불국토는 생각만으로 빚어낼 수가 없다. 불국토의 밑돌을 사랑으로 놓아야 한다. 사랑이란 무엇인가? 다시 「능엄경 언해」를 보면 '사思'를 '사랑'으로 옮겼다. 사고思考, 사유思惟, 사상思想이라 할 때의 '사'이다. 이 말은 '생각(억憶)'과 달리, 이제까지는 없었던 새로운 삶을 그리고, 꿈꾸는 데 쓰이는 말이다. 새로운 미래를 그리는 창조력이라고 해도 좋고, 미륵 세상에 대한 꿈이라고 해도 되겠다.

부처님이 계戒, 정定, 혜慧 가운데 '혜'를 으뜸으로 친 까닭이 다른 데 있지 않다. '혜(슬기)'는 '알음알이'를 끌어모으는 데서 생기는 게 아니다. 나도 살고 너도 살리는 '살림'이 아니라면, 살 길도 아니고 살릴 길도 아니라면, 모두가 함께 더불어 살 길이 아니라면, 길 닦고(수도修道), 길 얻는(득도得道) 게 무슨 도움이 되겠는가. 나만 살자고, 우리만 살자고 든다면 '일체중생 개유불성'은 공염불이다.

우리가 '영세중립 통일연방 코리아'를 밤낮으로 염불하고 온 누리에 널리널리 퍼뜨리자고 하는 말은 우리만 평화롭게 잘 먹고 잘 살자는 뜻이 아니다. 다 알다시피 한반도는 지구상에 마지막으로 남아 있는 분단국가이고 언제 핵전쟁이 일어날지 모르는 화약고이다. 이 땅에 평화가 정착된다는 것은 이 세상에 평화를 불러오는 촛불을 밝히는 것이다.

이미 우리는 세계의 역사를 새로 썼다. 피 한 방울 흘리지 않고 촛불로써 명예혁명을 이루어내 세계를 놀라게 하고 있다. 이것은 첫걸음이다. 이제 이 촛불이 아메리카 합중국에도, 일본에도, 중국에도, 러시아에도 타오르게 해야 한다. 그래서 온 세상 사람들이 한마음으로 한뜻으로 외치게 해야 한다.

"영세중립 통일연방 코리아(나무아미타불 관세음보살)."

남전의 고양이와 조주의 개

물음이 발라야 대답도 바를 수 있다.
살길이 없고, 살릴 길이 없는 처지에서 살겠다고, 살리겠다고 하는
마음에서 우러나오는 물음이 바른 물음이다.

선문답이라는 말이 있다. 화두나 공안이라는 말도 있다. 불교에 크게 관심이 없는 사람도 한두 번쯤은 들었음직한 낱말들이다. 화두 가운데 '남전의 고양이'는 꽤 널리 알려져 있다. 요즘 사람들 입맛에 맞게 제목을 달자면 '남전 스님의 새끼 고양이 살해 사건'이라고 해야겠지만, (그렇다고 엽기 추리 소설쯤으로 여기지는 말기 바란다.) 이 사건은 그 자체만으로도 눈길을 끌 만하다.

절집에서 일어난 일이다. '죽이지 마라(불살생不殺生)'는 부처님 말씀이다. 그런데 중국 선불교 역사에서 이름을 크게 떨친 중이 이런 짓을 저질렀다. 천하의 '한가운데 나라(중국中國)'라는 곳에서 일어난 일이니, 또 중 가운데 가장 중다운 이로 이름난 남전

대선사가 저지른 짓이니 요즘 같으면 온 세상이 떠들썩했음직한 사건이다.

전해진 이야기에 따르면 앞뒤는 이렇다. 절집에 두 패거리가 있었다. 동쪽 패거리(동당)와 서쪽 패거리(서당), 이 두 패거리 사이에 입씨름이 벌어졌다. 요즘 말로 하면 '유물론' 대 '유심론', '창조론' 대 '진화론' 사이의 논쟁이라고 할까? 그 내용이 무엇이었는지는 밝혀져 있지 않다. 입에 거품을 물고 싸우는 소리가 하도 시끄러워서 그 절집 '왕초'인 남전의 귀에까지 들어갔다. 잔뜩 화가 난 남전이 한 손으로는 새끼 고양이 목덜미를 움켜쥐고, 다른 손으로는 식칼을 들고 나섰다. 절집이니 일본도나 잭나이프 따위의 사람을 베거나 찌르는 살상용 칼은 없었겠지.

"어서 일러라. 제대로 이르면 이 고양이 살려 둘 테고 잘못 이르면 죽이리라."

입을 여는 놈이 아무도 없었다. 모두 꿀 먹은 벙어리였다. 그래서 애먼 새끼 고양이만 죽었다. 이것이 이른바 '남전의 고양이'다. 끔찍한 사건이다. 그래서 남전이 한 짓을 두둔하려는 사람들 가운데는 '진짜 그런 일이 일어났다는 이야기는 아니고…'라는 군말을 다는 사람도 한둘이 아니다. 그 자리에 조주는 끼지 않았다. 일 보러 나갔다가 뒤늦게 돌아온 조주에게 남전은 그 사이에 일어났던 일을 털어놓는다. "이래 저래서 이런 일이 벌어졌네." 참고 삼아 말하자면 조주는 남전이 가장 아끼는 제자였다. 나이 스물이 되기 전에 남전 밑에 들어와서 마흔 해가 넘게 남전을 모시고 살았다. 속가俗家 항렬로 따지자면 피붙이나 다름없었고, 주고받은 이야기(선문답)를 주워 모아 엮어 보면 사제지간이라기보다는 길동무(도반道伴)에 가까웠다는 게 내 생각이다. 이 말을 들은 조주는 아무 말 없이 신발을 벗어 머리에 이고 돌아선다. 띠풀이나 볏짚으로 삼은 미투리나 짚신이었겠지. 그 모습을 본 남전이 중얼중얼, "그 자리에 자네가 있었더라면 그 새끼 고양이는 살았을 텐데…."

이 '사건'을 요즘 말로 되짚어보자. 한솥밥을 먹는 절집 중들이 두 패로 갈려서 쟁론을 벌였다. 이론 투쟁이 벌어진 것이다. 내용이 무엇인지는 알아도 그만, 몰라도 그만이다. 조선 왕조 때 노론과 소론, 해방 뒤 좌익과 우익, 요즘 국회에서 무슨 당, 무슨 당 사이에 벌어지는 대거리나 삿대질을 떠올리면 된다. 적어도 그 말싸움 뒷자락에 밥그릇 싸움이 깔리지는 않았으리라는 점에서는 조금 달랐으리라고 짐작할 뿐이다. 공밥 먹고 대가리만 키운 것들이 끼니 차려준 이들을 고맙게 여긴다면, 입 다물고 죽어라고 면벽참선으로 밤을 지새워도 모자랄 판에, 죽도 밥도 아닌 탁상공론으로 패거리 지어 내가 옳으니, 네가 그르니 입에 거품을 무느라 아까운 시간 다 보내고 있단 말이야? 네 이놈들 혼 좀 나 봐라. 산목숨 두고 네 놈들 뭐라고 할지 두고 보자. 남전은 눈에 띄는 새끼 고양이와 식칼을 들고 뛰어 나간다.

남전이 손에 든 것은 '빈말(공론)'이 아니다. 칼과 고양이라는 '구체적 데이터'이다. 손으로 만지고 눈으로 볼 수 있는 '주어진 것들(data)'이다. (잠깐 설명하고 넘어가자. 우리가 흔히 '데이터'로 발음하는 'data'는 라틴어에서 왔다. 이 말의 뿌리는 'dare'라는 동사이다. 라틴어 사전에는 일인칭 단수가 동사의 기본형으로 올라 있으므로 'do'를 찾으면 된다. 이 동사의 과거분사는 'datus'이고, 이 과거분사의 명사형은 'datum'이다. '주어진 것'이라는 뜻을 지니고 있다. 'datum'의 복수형이 'data'이다. '주어진 것들'이다.)

"자, 봐라. 이 새끼 고양이와 식칼은 너희들이 마구잡이로 주둥이에서 쏟아내는 헛소리들이 아니다. 그 주둥이에서 나오는 어떤 말로도 이놈을 죽일 수도 없고 살릴 수도 없다. 살릴 놈 있으면 당장 나서라."

선뜻 나서는 놈이 아무도 없다. 남전은 맘속으로 간절히 바랐으리라. 어느 놈이 불쑥 뛰쳐나와 "스님, 이러시면 안 되지요" 하고 남전의 손에서 그 새끼 고양이를 낚아채기를. 머리 굴리기 전에 손발이 앞서고 몸이 앞서기를. 그러나 한 놈도 그러는 놈이 없었다. '유정무정 개유불성有情無情皆有佛性'이라는 말은 달달 외우고 있었지만, 그 '불성(부처됨)'을 지키는 힘이 '사랑'에서 나온다는 것을 깨우친 이가 그 가운데 하나도 없었다. 그래서 손 놓고 눈만 멀뚱거리고 있었다. 그 고양이 목숨이 제 목숨과 같다고 여긴 이가 그 많은 이른바 '법제자' 가운데 한 사람도 없다니. 사랑받을 길 없는 생명체는 살아 있어도 죽은 목숨이다. 남전은 그 새끼 고양이 목을 베면서 마음속으로 제 앞에 선 그 모든 패거리들의 목을 벴다.

조주는 사건의 전말을 듣고 말없이 등을 돌렸다. 머리에 신발을 얹고. 조주는 어쩌면 마음속으로 이렇게 중얼거렸을지도 모른다.

"스님, 대가리에 신발을 뒤집어씌운다고 그 대가리로 걸을 수 있남유?"

여기까지가 '남전의 고양이'라면 다음은 '조주의 개'다. 누군가 조주에게 묻는다. 빡빡머리였겠지. "개한테도 불성이 있나요?" 참 개 같은 말이다. 차라리 멍멍, 왈왈 짖기나 하면 덜 밉지. 개에게 불성이 있다면 부처님으로 모실래? 없다면 마음놓고 잡아먹을래? 이도저도 아니면서, 살아가는 데 아무짝에도 쓸모없는 걸 묻고 있는 꼴이라니. "콩 언제 심어요?", "그물이 찢어졌는데 어떻게 꿰매지요?", "버섯을 따 왔는데 이건 먹는 버섯인가요, 못 먹는 버섯인가요?" 삶과 죽음을 함께 벗어나겠다는 마음 다짐으로 머리를 깎았으면, 농사일 배우는 햇내기나 어부가 되려는 풋내기나 산골에서 자라는 어린애보다는 더 절절한 질문을 해야 할 게 아닌가. 개에게 부처됨이 있으나 없으나 그게 네 삶에 무슨 도움이 돼? "꺼져!" 하고 소리를 지르거나 몽둥이찜질을 하거나 입 닫고(양구良久) 있을 수도 있었겠지. "없어(무無)!" 조주의 입에서 나온 외마디였다. 그 입에서 왜 '무'라는 말이 나왔는지 앞뒤 사정은 다 떨어져 나갔다. 심지어 질문까지 잊혀졌다. 화두라고 남은 것은 무, 없다는 외마디다.

물음이 발라야 대답도 바를 수 있다. 살 길이 없고, 살릴 길이 없는 처지에서 살겠다고, 살리겠다고 하는 마음에서 우러나오는 물음이 바른 물음이다. 왜 배우는가? 살려고 배운다. 왜 가르치는가? 살리려고 가르친다. 고양이는 왜 목숨을 건지지 못했는가? 남전이 모질어서? 그렇게 여길 사람도 있겠다. 그러나 나에게 묻는다면 '살리려고 하는 놈이 없어서'이다. 입은 까져서 온갖 그럴듯한 말을 떠벌리고, 그런 말을 그럴싸하게 여겨 패거리를 짓지만, 그 패거리가 '집단 지혜'로 고양이 한 마리도 살릴 수 없을진대, 그 '이론' 어디에 쓰나? 공염불 아닌가?

나라 금고 안에 돈이 가득 쌓여 있고, 창고에서는 곡식이 썩어나도 굶어 죽고 얼어 죽는 사람이 지천으로 널린 나라, 누구는 몇 십 채, 몇 백 채 집을 독차지하고 있는데 누구는 눈비 가릴 처마 하나 없는 나라, 일하고 싶어도 일자리가 없고, 곡식을 기르고 싶어도 땅 한 뙈기 제 몫으로 주어지지 않는 나라, 있을 것은 가뭄에 콩 나기요. 없을 것은 발에 차이는 돌보다 더 많은 나라, 이것이 나라인가?

나라꼴이 이 꼴인데, "개에게도 불성이 있습니까?" 하는 한가한 물음에 "없다"라고 대답했더니, 앞뒤 싹 자르고 '무'자만 내세워 '화두'를 삼는다? 그 놈이 먹는 밥, 그 년이 입는 옷, 그 연놈이 사는 집은 누가 마련해 준 것인데?

조주는 남전이 숨을 거둔 뒤에 삼년상을 치르고 나서 스무 해를 떠돈다. 그리고 나이 여든이 넘어서야 다 쓰러져 가는 움막 같은 암자에 자리를 잡는다. 그 꼴이 어떠했는지는 '조주 십이시가趙州十二時歌'에 구구절절 펼쳐진다. 이 '고불古佛'의 행색은 밑바닥 가운데 밑바닥이었다. 몸을 눕힐 변변한 삿자리 하나 없는 방에서 요이불은커녕 걸친 옷마저 누더기 홑옷이었다. 마을 사람들의 괄시는 이루 말할 수 없었다. 더 밀릴 곳이 없었다. 벼랑이었다. 여기가 시작이다. 살아야 한다. 살려야 한다. 혼자 살면 삶이고, 다른 사람도 함께 살리면 살림이다.

우리 살림은 이미 거덜이 났다. 겉으로는 멀쩡하나 속을 들여다보면 곪을 대로 곪아 있다. 어디를 둘러봐도 도둑놈 소굴이다. 더는 물러설 곳이 없다. 남녘도 북녘도 마찬가지다. 몸 돌이켜야 한다. 광화문에서 을밀대에서 촛불을 켜들고 모두 함께 외쳐야 한다.

"우리는 대한 국민도 아니고, 조선 인민도 아니다. 우리는 우리나라 사람이다."

다음에 뒤따라야 할 염불은 "영세중립 통일연방 코리아"이다.

하루 짓지 않으면 하루 먹지도 마라

힘센 이(권력자)가 믿는 이(종교인)를 꼬여
제 밑에 두고 부릴 때는 다 속셈이 따로 있다.

'하루 짓지 않으면 하루 먹지 마라'는 뜻의 '일일부작 일일불식 一日不作 一日不食'은 「백장청규百丈淸規」에 적힌 말이다. 이것을 지은 백장은 중국 선불교 역사에서 이름난 분이다. 이 말, '하루 짓지 않으면 하루 먹지 마라', 요즈음 내가 씹고 또 곱씹는 말이다. 말하자면 내 화두話頭 곧 말머리이다. 등골이 서늘해지는 무서운 말이다. 왜냐고? 요새 나는 짓지 않는다. 밥도 짓지 않는다. 비럭질해서 산다. 빌어먹고 산다.

왜 먹는가? 살려고 먹는다. (왜 사느냐고 묻지는 말기 바란다. '숨이 붙어 있으니까 목숨 이어간다'는 들으나마나한 말 튀어나오기 십상이니까.) 무얼 먹는가? 밥을 먹는다. 무슨 밥인가? 쌀밥이다. (어렸을 때는 조밥을 먹었는데, 한창 굶주렸던 어릴 적에 줄창 먹어대던 것이라서 신물이 나서 요즘은 거들떠보기도 싫고, 한때 보리밥을 먹는 게 쌀농사 짓는 시골 사람들이 끼니를 때우는 거의 유일한 길이었으므로, 보릿고개 허덕허덕 넘으면서 풋바심으로라도 감지덕지 먹고살았노라는 이야기를 곁들이자면 말이 끝없이 길어질 것 같아 이만 줄인다.) 그 쌀 어디서 났는가? 여름지이(농사)를 하는 농사꾼이 지은 것이다.

두말할 나위 없다. 벼농사 짓는 사람이 있어서 쌀밥 먹고, 옷 짓는 사람이 있어서 옷 입고, 집 짓는 사람이 있어서 눈, 비 가리고 산다. 그러니 노동자, 농민이 우리 모두를 살리는 기초 살림을 맡고 있다. 안 그런가? 그런데 그런 분들에게 살려 주어서 고맙다는 생각이나 느낌 가져본 적이 있는가?

백장이 늙어빠졌을 때, 함께 울력(運力)하던 젊은 것들이 '스님, 그만큼 했으면 됐슈. 이제 그만 쉬세유' 하는 뜻에서 어느 날 호미를 감추었다고 한다. 그러자 백장, '그렇게 이제 먹지도 말라는 거지?' 웅얼거리면서 밥 먹기를 마다했다고 한다. 따져보면 등골에서 식은땀이 흐를 말이다.

'살림(살게 하는 일)' 맡겨 놓고, 막상 살려 놓으니까 거들떠보지도 않는다? 한 걸음 더 나아가 내친 김에 짓밟기까지 한다? 이게 무슨 짓인가? 이러고도 살기를 바라는 게 지나치지 않은가? '더불어', '함께' 살자고? 누가 누구에게 할 말인가? 머리로 짓는다고? 소가 웃을 소리다.

'짓는다'는 말은 고운 우리말이다. 집 짓고, 옷 짓고, 밥 짓고, 독(질그릇 가운데 하나) 짓고, 웃음 짓고, 떼 짓고, 무리 짓고…. ('참교육'을 이끄신 분으로 널리 알려진 이오덕 선생이 한때 '글짓기'라는 말을 쓴 적이 있다. 그때 이 분을 따르던 이 가운데 누군가가 "선생님, 이 말 바꿉시다. 이 말은 '작문作文'을 옮긴 것이잖아요? '작문'은 일본에서 들어온 말인데, 그 말 흉내내서야 되겠어요? '글쓰기'가 맞는 말 같은데…"라고 말했다 한다. 이 말을 옳게 여긴 이오덕 선생은 '한국글쓰기교육연구회'를 만들었고, 이제 교과서에서까지 '짓기'는 '쓰기'로 바뀌었다. 하기야 말이나 글에 '짓기'가 붙으면 뜨악한 생각이 들기도 한다. '말을 지어 낸다'는 '없는 말을 꾸며 낸다', '거짓말한다'로, '글을 짓는다'는 '겪어 보지 않은 걸 거짓으로 그럴싸하게 글로 꾸며 댄다'는 뜻으로 쓰이기도 하니까.) 백장 선사가 쓴 '짓는다(작作)'는 말도 고운 뜻으로 쓰인 말이다.

문득 옛일이 머리에 떠오른다. 이외수 '작가作家'가 우스개 삼아 들려 준 이야기가 있다. 이이가 춘천에 살 때 서울 나들이를 하려면 화천 검문소를 거쳐야 했다고 한다. 그 곳을 지키던 군인과 주고받았다는 말이다.

"누구요?"

"글 쓰는 사람이요."

"아하, 필경사筆耕士?"

요즘에 이 필경사라는 말을 아는 사람 드물 거다. ‘가리방지’에 철필로 남의 글을 베껴 쓰는 직업이 옛날에는 있었다. 이 유식하고 교양 있는 군인이 그른 말을 했거나 딴지를 걸었다고 여기면 안 된다. 본디 글은 ‘짓는’ 것이고, 글씨는 ‘쓰는’ 것이었다. 사람들이 있지도 않은 일을 제멋대로 꾸며 쓰니까 ‘글짓기’가 나쁜 뜻을 지닌 말로 여겨질 뿐이다. 한때 초등학교에마다 세워졌던 이승복 어린이의 동상은 어느 기자가 “나는 콩사탕이 싫어요”라는 말을 “나는 공산당이 싫어요”라는 글로 바꾸어 ‘소설을 써서’ 생겨난 해프닝이라는 비아냥거림도 있지 않은가? 하긴 초등학생이 아무리 일찍부터 의식화 교육을 받았다 한들 공산당이 뭐고 자유당이 뭐고 민주당이 뭔지를 어찌 제대로 알겠는가?

‘짓는다’는 말에서 ‘짓’이라는 말도, ‘지이(짓+이)’라는 말도, ‘질’이라는 말도 나왔으리라는 게 내 생각이다. 몸짓, 손짓, 발짓, 눈짓, 미운 짓, 고운 짓…. 바느질, 마름질, 손질, 물질, 물레질…. 이 가운데 ‘질’이라는 말은 나쁜 뜻으로 쓰이는 때도 있는데, 눈깔질, 발길질, 주먹질, 싸움박질, 비럭질 따위가 그런 말이겠다. 아, 참, 요즈음에는 갑질이라는 말도 생겼지.

곁길로 많이 샜다. 그래도 한마디 더. 아무리 고운 뜻을 지닌 말이라도 어떤 사람이 언제 어디서 무슨 일을 하게 되느냐에 따라 달갑잖게 쓰일 때가 있다. 서양에서 들어온, ‘여자’를 높이는 뜻으로 쓰이던 '레이디'나 '마담'은 '다방(찻집)'에서 일하는 여자들을 가리키는 말로 쓰이게 되면서 '다방 레지'나 '다방 마담'으로 낮추어지고, 높은 벼슬아치의 어린 딸을 가리키던 '아가씨'는 '술집 아가씨'로 탈바꿈되지 않았던가?

앞서 말했지만 '살림'은 '살리는 일'이다. 삶이 죽음에 맞서는 말이듯이 살림은 죽임에 맞선다. 모든 '짓'과 '질'과 '지이'는 삶과 살림에 맞닿아 있어야 한다. '농사꾼(여름지기)'을 보기로 들어보자. 농사꾼은 농사를 지어 저 먹을 것만 챙기고, 한 울타리 안의 식구들만 먹이는 게 아니라 이웃과 나라를 살린다. 더 나아가 굶주린 이웃나라 사람들도 살린다. 어찌 그뿐이랴. 먹을거리가 되는 벼, 보리, 밀, 콩 같은 것도 이듬해 뿌릴 씨앗을 남겨 함께 살고 살린다. 보짱(백장)은 '선농일체禪農一體'를 부르짖고 몸으로 옮긴 분인데, 그 뜻은 '고루먹음(평화平和)'과 '두루살림(공생共生)'에 있었다고 본다.

서로 기대 함께 살 길을 찾지 않고, 어느 한쪽이 다른 한쪽에 기대기만 할 때 우리는 '기생'한다고 한다. 겨우살이 같은 기생식물, 회충이나 촌충 같은 기생충이 좋은 본보기다. 종교가 임금이나 나라 같은 큰 힘에 기대 그 종교를 이끄는 우두머리가 왕사王師, 국사國師 따위의 벼슬을 얻어 걸치레를 하면, 그 본을 떠서 그 졸개들도 덩달아 일손을 놓는다. 머리 굴려 살 길만 찾는다. 입고 다니는 옷만 봐도 안다. 옷빛이야 잿빛이고 감물빛이지만, 그 옷 입고 몸 놀리고 손발 놀리는 막일은 할 수가 없다. 말품 팔아 사는 벼슬아치들, 그것도 옛 벼슬아치들의 옷차림이다. '입 닫고 몸 추스름(묵언수행默言修行)'은 노동자와 농민이 날마다 하는 일이다. 자라는 푸성귀나 영그는 낟알과 입으로 주고받을 말이 어디 있겠는가? 돌아가는 기계에게 무슨 말을 하겠는가?

힘센 이(권력자)가 믿는 이(종교인)를 꼬여 제 밑에 두고 부릴 때는 다 속셈이 따로 있다. "너 내가 먹여 살리잖아? (이 말에는 '내가 힘 없는 것들한테서 빼앗아 온 것을 너에게도 나누어 주는 거야'라는 뜻이 담겨 있다.) 그러니 내가 시키는 대로 해. 내가 팥으로 메주를 쑨다고 해도 그게 옳은 말이라고 나팔 불어. 알았지?" 이 말에 고분고분 따르면서 떨어지는 떡고물을 주워 먹지 않고, "임금님 귀는 당나귀 귀"라고 소신 발언을 했다가는 그 길로 죽은 목숨이다.

보짱이 '우리 힘으로 살고, 남은 힘으로 절집 아래 사는 사람도 살리자'는 뜻을 세우고 '승가 공동체'를 이루고, 언저리에 힘없는 이들을 불러 이른바 사하촌寺下村을 꾸린 것은 왕권이 바뀌고 서릿발이 치던 때와 맞먹는다. 상구보리 하화중생이 빈말에 그치지 않으려면, 어떤 마음가짐과 어떤 몸놀림으로 살 길을 닦고 살 길을 얻어야 하는지를, 몸으로, 삶으로 보인 것이다.

덩치가 크다고, 종단을 이루었다고, 인도나 중국에서 물려받은 경전이나 수행법을 익힌다고 우리 불교가 되살아나지는 않는다. 마지막으로 덧다는 뱀발(사족蛇足)이다.

"사람들은 몇 안 되는 이들이 받드는 종교를 '미신'이라 부르고, 많은 사람들이 따르는 미신을 '종교'라 이른다."(라 로슈푸코)

하하하

백장이 이르는 도리는 '김 맬 때 김 매고 밥 먹을 때 밥 먹는 것'이다. 공밥 먹으면서 지혜를 얻으려고 책 나부랭이를 뒤적이는 것은 도리가 아니다. 이것은 아닌 때 밥 먹는 것이나 마찬가지이다.

음력 오뉴월인 칠팔월 땡볕에서 김을 매고 있노라면 온몸이 비지땀으로 멱을 감고 옷은 젖은 물걸레가 된다. 배에서는 꼬르륵 소리가 들린다. 그때 부르는 소리가 들린다. "밥 먹어유!" 얼마나 반가운 소리인가. 부처님 말씀도 이보다 더 반가울 수는 없다. 하하하!

김태완이 우리말로 옮기고 토를 단 「백장어록」에 이와 비슷한 대목이 나온다. 그대로 옮기면 아래와 같다.

호미로 땅을 파는 울력을 하고 있었는데(김을 매고 있었는데), 어떤 승려가 (밥 시간을 알리는) 북소리를 듣고서 호미를 들어올리며

"하하하!" 하고 크게 웃고는 절로 돌아갔다. 이에 백장이 말했다.

"훌륭하도다! 관음觀音의 문으로 들어가는구나."

뒤에 백장은 그 승려를 불러서 물었다.

"그대는 아까 무슨 도리道理를 보았는가?"

그 승려가 말했다.

"저는 배가 고팠는데 북소리를 듣고서 밥을 먹으러 돌아왔습니다."

백장은 크게 웃었다.

"하하하!"

「조당집祖堂集」에 이런 말이 나온다. "도리가 아직 바로서지 못했는데 복과 지혜를 먼저 얻는다면 마치 천한 것이 귀한 것을 부리는 것과 같으니, 도리가 먼저 바로선 뒤에 복과 지혜가 있는 것이 낫다." 이때의 '도리'란 무엇인가? 백장이 이르는 도리는 '김 맬 때 김 매고 밥 먹을 때 밥 먹는 것'이다. 손발 놀리고 몸 놀려 제 앞가림도 하지 않으면서, 남이 힘들게 마련한 먹을 것, 입을 것, 잠자리를 가로채서 그것을 복으로 여기고, 공밥 먹으면서 지혜를 얻으려고 책 나부랭이를 뒤적이는 것은 도리가 아니다. 이것은 아닌 때 밥 먹는 것이나 마찬가지이다.

김태완의 번역을 그대로 옮기면, "예컨대 지금 있니 없니 하는 모든 법들은 전부 때아닌 식사를 하는 것이니, 또한 나쁜 음식이라고도 한다. 이것은 더러운 밥을 보배 그릇에 담아 놓는 것이니, 계戒를 어기는 것이고, 헛된 말이고, 아무것이나 마구 먹는 것이다".

나는 이렇게 옮긴다. "아, 이제 기대고 있는 목숨을 보면, 쌀 한 톨에 기대고 나물 한 가닥에 기대니, 밥 먹을 때 못 먹으면 굶어 죽고, 물 못 마시면 목말라 죽고, 불 지피지 못하면 얼어 죽는다. 하루를 거르면 살지도 못하고 하루를 거르면 죽지도 못한다. 네 가지 큰 것, 곧 땅, 물, 불, 바람에 힘입어 (살) 자리를 붙드니, 먼저 이른 이가 불에 들어가도 타지 않고 물에 들어가도 빠져 죽지 않는 것과는 달리, 불에 들어가면 타 죽고 물에 들어가면 빠져 죽는다. 불에 타 죽어야 한다면 타서 죽고, 물에 빠져 죽어야 한다면 빠져 죽는다. 살고자 하면 살고, 죽고자 하면 죽는다. 가고 머무름이 스스로 말미암으므로 이런 사람은 자유로움이 있다."

"옛날과 사람이 다른 게 아니라, 다만 옛날과 사는 게 다를 뿐이다(불이구시인不異舊時人, 지이구시행리처秖異舊時行履處)."

어려운 말 하나도 없다. 쌀을 미곡으로, 밀, 보리를 소맥, 대맥으로, 이야기를 담론으로, 말다툼을 논쟁으로 바꾸지 않고도 할 말 다 한다. 백장답다. 안 그런가?

요즈음은 말길이 달라져서 있는 놈, 힘센 놈들이, 저보다 더 가진 게 많거나 더 크게 힘을 휘두르는 놈들이 사는 나라에서 이 말 저 말을 마구잡이로 끌어들여 뜻도 모르고 쓰고, 그 말 알아듣지 못하는 사람을 무식한 놈이나 교양 없는 년으로 싸잡아 깔보고 짓누르는 판이다. 절집 중들도 이걸 본받아 어려운 글 끼적여 놓고 '모르면 니 탓'이라고 윽박지르니, 뭇산이들은 입도 벙긋할 수 없는 세상이 되었다. 이러고서야 어떻게 불법(佛法)이 살 길을 열어 줄 수 있겠는가? 백장 말 그대로 깨끗한 그릇에 더러운 음식 담아 놓은 꼴이다.

내가 "어려운 말 쓰지 말고 쉬운 말로 합시다" 하고 말하면 발끈하는 놈년들이 한둘이 아니다. 어쩌다 처음 만나 입에 발린 말로 '영광입니다'를 내뱉는 것들에게 "제가 태어난 곳은 함평이고 영광이라는 데는 그 옆에 따로 있습니다"라고 대꾸하면 눈초리가 위로 올라간다. 지가 나 사는 꼴을 얼마나 지켜보았다고 나를 '존경'까지 한단 말인가?

백장이 얼마나 인정머리 없는 중이었는지는 다음과 같은 일화에서도 드러난다.

어떤 중이 꺼이꺼이 울면서 법당에 들어서자 백장이 물었다.

"지금 뭐 하는 거여?"

그 중이 가로되,

"부모님이 함께 돌아가셨는디 (초상 치를) 날 잡아 주셔유."

백장이 그 말 듣고는 말했다.

"내일 함께 묻어 버려!"

'죽은 사람은 얼른 묻고 산 사람은 살길 찾아야지.' 그렇게 답한 것이다. 정떨어지는 말이지만 바른 말이다.

바른 말이 차츰 사라지고 있다. 어제오늘 일이 아니다. 바로 살지 못하니 바로 살릴 길이 없고, 그 입에서 나오는 말은 죄다 빈소리거나 헛소리일 뿐이다. 다문 입에서 꿀꺽 삼켜지는 말조차 거짓말이 되었다.

얼마 전에 나는 서울에 올라가 닷새 동안 청와대 앞 공원에서 일인 시위를 한 적이 있다. 청와대 사랑채가 있는 공원은 문재인이 대통령이 되고 나서 대한민국 역사상 처음으로 일인 시위가 허용되었다고 한다. 나는 아침 일찍, 일곱시 반쯤에 그 자리에 가서 비닐 자리 깔고 오체투지 삼배를 하고 새 염불 "영세중립 통일연방 코리아"를 읊었다. 뒤이어 "나는 대한 국민이 아니요, 나는 조선 인민도 아니요, 나는 우리나라 사람이요. 우리는 둘이 아니요, 우리는 하나요"라고 외치고 나서 다시 삼배하고…. 그러기를 한 시간 반 동안 했다. 그리고 변산으로 되돌아왔다. 그 뒤에 문재인 대통령이 러시아에 가서 푸틴을 만나 북녘에 '원유 금수禁輸'를 부탁하고, 그 사이에 성주에 사드 포대 네 기가 성주 군민들 반대를 무릅쓰고 배치되었다는 소식을 들었다. 앞이 캄캄했다.

한쪽에서는 다른 나라 코앞에서 전쟁 놀음을 하고, 다른 쪽에서는 거기에 대한 앙갚음으로 미사일을 쏘아대고…. 이래서야 어떻게 평화가 오겠는가?

대북 제재에 러시아와 중국을 끌어들일 수 있다? 소가 웃을 일이다. 게다가 사드 배치와 원유 금수를 내세워 중국과 러시아를 대한민국 편으로 끌어들이고 북녘 정권을 길들인다? 누가 이런 국방 외교 정책을 만들어 대한민국 대통령에게 디밀었지?

부처님 눈으로 보기에도 그럴 게다만, 내 눈으로 보기에도 문재인 정부의 국방 외교는 가시밭길이다. '이명박근혜'의 길을 그대로, 그보다 더 빨리 밟고 있는 듯하다. 백장 선사는, "큰 쓰임이란, '큰 몸은 숨어 있어서 모습이 없고, 큰 소리는 작고 희미한 소리 속에 숨겨져 있다'는 말처럼, 마치 나무 속의 불과 같고 종과 북 속의 소리와 같아서 인연이 갖추어질 때가 아니면 그것을 있니 없니 하고 말할 수 없다"고 했다.

"부처는 여기저기 끼어들어 뭇산이들에게 배와 뗏목을 만들어 주면서 그이들과 함께 아픔을 견디니 그 애씀이 끝 간 데 없다.

(…) 부처도 빈 몸이 아닐진대, 고통을 받으면 어떻게 고통스럽지 않을 수 있겠는가? 만일에 고통스럽지 않을 거라고 말한다면 이 말은 어긋난 말이니, 내키는 대로 이런 말 내뱉지 마라."

이 말도 보짱(백장百丈)이 한 말이다.

문재인 대통령이 성주 군민들의 아픔을 알까? 박근혜가 세월호 참사로 자식 잃은 부모들의 아픔을 나 몰라라 했듯이, '이 사람들의 아픔쯤이야' 하고 (내 아픔으로 삼지 않고), 전쟁광 트럼프와 아베의 꽁무니를 따라다니며 눈치나 보고 있는 건 아닐까? 하하하.

뭘 어떻게 해야 되지?
-시골 늙은이의 궁금증

못할 짓, 안 할 일 일삼는 산 것은 드물다.
사람만 그리 한다.

사람들은 날개 달린 새가 되고 싶어 비행기를 만들고, 사슴보다 빨리 뛰고 싶어 자동차를 굴리고, 온갖 날짐승 길짐승 흉내를 내다 못해 땅굴 파는 두더지, 배로 기어 다니는 벌레 흉내까지 못 내는 흉내가 없다. 죽으라면 죽는 시늉까지 한다.

다른 산 것 가운데 사람 흉내 일삼는 것 있나? 없다. 풀은 풀대로, 나무는 나무대로, 산에 사는 것, 들에 사는 것, 물에 사는 것 저마다 생긴 대로 살아간다. 왜 사람들 가운데 도시에 떼 지어 사는 것들만 이런 흉내를 내고 저런 시늉을 하면서, 덕지덕지 처바르고 이 탈 저 탈 뒤집어쓰고 살려고 들까? 왜 제대로 살지도 못 하면서 사는 시늉을 할까? 왜 두 발로 걸으면서 몸 놀리고 손발 놀려 저 먹을 것, 남 먹일 것 마련하지 못 하고, 함께 먹고 두루 살릴 길 찾지 못할까? 그 머릿속에 무슨 꿍꿍이가 들어 있을까?

오조 홍인의 맏제자였다는 신수가 제 딴에는 부끄러워, 그러나 따지고 보면 남에게 널리 알리고 자랑질하고 싶어서 조실 스님 담벼락에 써 붙였다는 오도송, '몸통은 (깨우침의) 나무이고 마음은 거울대이다. 날마다 씻고 닦아서 먼지 한 톨 없게 해라'. 까막눈 혜능이 옆에 있는 중한테 읽어 달라고 해서 듣고 난 뒤에 혼자서 중얼중얼. '(날마다 디딜방아 찧는다고 돌확까지 지고 낑낑대는데) 뭔 소리여, 몸 씻을 틈 어디 있고 맘 닦을 새 어디 있어?'

'몸'과 '맘(마음)'은 본디 둘이 아니다. 한 뿌리에서 나왔다. 몸 없이 맘이 저 혼자 이리저리 굴러다니며 '업業'을 짓나? '죽었다'는 말을 점잖게 '열반하셨다'고 이르는 것은 괜한 말이 아니다. 맘이 몸에 꺼둘릴 일이 없어졌다는 말이다.

하면 되는 일도 있고, 해도 안 되는 일도 있다. 할 짓 하면 되고, 못할 짓 하면 안 되는데, 할 짓만 알아서 하고 못 할 짓 안 하는 사람 드물다. 할 짓만 하고 못 할 짓은 않는 게 좋다. 할 짓 하면 되고, 안 할 짓 하면 안 된다. 그게 헛심(헛된 힘) 안 쓰는 길이고, 안 되는 짓에 매달려 쓸데없는 짓에 힘 쏟지 않는 길이다.

못할 짓, 안 할 일 일삼는 산 것은 드물다. 사람만 그리 한다.

살아 숨 쉬는 다른 것들은 모두 힘을 아낀다. 힘에 겹더라도 꼭 해야 할 일은 하고, 힘이 덜 들더라도 안 할 일은 삼간다. 할 일 하더라도 어떤 때는 뜻대로 되기도 하고, 어떤 때는 애써 보지만 안 되기도 한다. 못할 짓 저질러도 마찬가지다. 마음 먹은 대로 되기도 하고 안 되기도 한다. 그렇더라도 할 짓 하고, 안 할 짓, 못할 짓은 안 해야 한다. 되더라도 안 할 짓은 하지 말아야 하고, 안 되더라도 할 짓은 그만두지 말아야 한다.

왜 할 일을 해야 하는가? 그게 좋기 때문이다. 왜 못된 짓은 안 해야 되는가? 나쁜 짓이기 때문이다. 먼저, 못된 짓, 안 할 짓은 헛심을 쓰기 때문에 나쁘다. 다음으로 그런 짓을 견뎌야 하는 쪽을 힘들게 하기 때문에 나쁘다. 할 짓, 못할 짓을 마구잡이로 저지르는 까닭이야 알고 보면 한둘이 아니다. 배운 것이, 보고 들은 것이 없어서 그러기도 하고, 나만 살자고 그러기도 한다. 다른 사람이 그런 짓을 일삼아도 책잡히지 않기 때문에 덩달아서 하기도 한다.

도시에서 오글오글 떼 지어 사는 사람들 가운데 할 짓, 못할 짓 가리지 못하는 철없는 사람들이 적지 않다. 시골에 사는 사람들 가운데서는 그런 꼴 보기 드물다. 할 일, 될 일 가려서 한다. 힘쓸 때 쓰고 안 쓸 때 안 쓴다. 할 일 하고 안 할 일 안 한다. 그렇게 삼가고 또 삼가도 안 되는 일도 있다. 그럴 적에는 어쩔 수 없다. 하늘에 맡긴다. 안 되는 일 아득바득 우격다짐으로 하지 않는다. 한 철 한 철 접어들면서 철이 들어서도 그렇고, 한 철 한 철 나면서 철이 나서도 그렇다.

도시내기들은 촌놈들 힘없다고 깔본다. 꼭 틀린 말이라고 볼 수는 없지만, 실은 힘을 쓸 때와 쓸 데에 쓰고, 아낄 데와 아낄 때 아끼는 것을 도시내기들이 모르기 때문이다. 힘을 아끼면 겉보기에는 힘없어 보인다. 촌놈들은 치고 패고 꺾고 목 조르는 데에 힘쓰지 않는다. 채찍질하고 가두고 죽음으로 내모는 데에 힘쓰지 않는다. 저 살고 남 살리는 데에, '살림'하는 데에 힘을 기울인다. 호미와 낫을 들 힘은 있어도 총이나 칼을 들 힘은 없다.

할 일 안 하고 못된 짓만 하는 망나니는 마을 안에서 멍석말이를 해서 버릇을 고치거나, 하다하다 안 되면 마을 밖으로 내친다. 그런 망나니들은 이 마을에서도 못 살고 저 마을에서도 살 수 없다. 그 못된 것들이 이리저리 흘러 다니다 떼 지어 모여 살던 곳이 옛 이오니아 식민지 같은 도시였다. 한곳에 모여 패거리를 이루고, 호미와 가래 같은 농기구를 벼리던 대장장이 붙들어다 칼과 창을 벼리게 해서, 그걸로 무장하고 이 마을 저 마을 돌아다니면서 먹을 것, 입을 것 빼앗고, 부녀자 겁탈하고, 대드는 사람 목 베고…. 그렇게 앙갚음을 일삼았다.

시골 마을에는 임금이나 통치자 같은 우두머리가 따로 없었다. 없기는 지금도 마찬가지이다. 나이 든 할배 할매들이 머리 모아 마을 일을 의논했다. 이 늙은이들이 살아오는 동안에 이런 일 저런 일 온갖 일들을 겪어 보아서 가장 슬기로운 판단을 내릴 수 있었기 때문에 어른 대접을 받고, 할 일 못할 일, 될 일 안 될 일을 가려 주었다. 어린애들, 젊은이들은 고분고분 따를 수밖에 없었다. 어른 말씀이 맞는 말씀이라는 것은 여러 차례 겪어봐서 알 수 있었기 때문이다.

그러나 머리 굴려서 살 길을 찾는 도시내기들은 다르다. '늙은이'는 저도 모르는 사이에 '낡은 이'가 되어 버린다. 머리 빨리 굴리는 게 장땡이다. 할 짓 못할 짓 가리다 보면 살길이 막힌다. 그래서 할 일 못할 일, 되는 짓 안 되는 짓 가리지 않고 마구 저지른다. '이 일 해도 될까?' 망설이다 보면 (안 할 짓, 못된 짓 가리지 않고) '하면 된다'고 나서는 놈한테 뒤처지기 십상이다. 그러다 보면 '못할 짓'이 없어진다. 돈만 되면 불량 식품도 만들고, 싸워서 이길 수만 있으면 애 어른 가릴 것 없이 몇십만, 몇백만을 한꺼번에 죽일 수 있는 핵무기도 만들어낸다. 우두머리가 내몰면 졸개들은 죽을 자리임을 뻔히 알면서도 총알받이가 될 수밖에 없다.

나무줄기가 가지를 치듯이, 가지가 곁가지를 치듯이, 우두머리

한 놈 밑에 두 놈, 두 놈 밑에 네 놈…. 임금 밑에 정승, 정승 밑에 판서…. 대통령 밑에 총리, 총리 밑에 장관, 장관 밑에…. 이렇게 줄레줄레 줄을 지어 위계 질서를 이룬다. 죽어나는 건 맨꼴찌에 있는 어중이떠중이들이다. 죽지 못해 사는 건 밑바닥 뭇산이들이다. 정치도 위계, 경제도 위계, 종교도, 학문도 위계다. 대장 밑에 중장, 중장 밑에 소장이 있는 군대에만 위계 질서가 있는 게 아니다. 이등병이 맨 먼저 죽는다.

'있는 놈'이 휘두르는 '힘'은 어디에서 나오는가? '없는 놈'한테서 나온다. 없는 놈들이 쎄가 빠지게 일해서 먹이고 입히고 좋은 잠자리에 재우면, 있는 놈들은 힘이 펄펄 살아나서 할 짓, 안 할 짓, 되는 짓, 못된 짓 가리지 않게 된다. 이 땅에서 가장 힘 없는 놈은 누구인가? 농사짓는 놈이다. 이 힘 없는 놈들, 할 짓만 하고 못할 짓 안 하는 사람들, 못된 짓 안 하고, 될 일 안 될 일 가려서 힘 아끼는 사람들, 그러면서 못된 짓, 안 할 짓을 하는 놈들을 먹이고 입히고 재우는 사람들은 고개 돌려 하소연할 곳도 없다. 이놈도 가로채고 저놈도 앗아간다. 통치의 이름으로, 종교의 이름으로, 교육의 이름으로, 과학 기술의 이름으로, 학문과 문화예술의 이름으로….

쓸 데 없는 데에, 쓸 때 아닌 때에 힘을 쓰면 힘이 빠진다. 힘이 없으면 할 일 못하고 될 일도 안 된다. 그런데도 죽자 사자 못된 짓, 안 할 짓만 일삼는 무리들, 해도 되는 짓 하면 안 될 짓을 가리지 못하는 것들, 그 못돼먹은 것들이 날로 늘어나 아무 때나 아무 데서나 힘 자랑하고, 제때 힘 쓸 곳에 제대로 힘 쓸 사람들을 죽을 길로 몰아넣는다. 그래서 가장 기름진 땅임에도 뒤이어 농사지을 젊은이들이 없어서 그 땅값 똥값이 되고, 풀 한 포기 나무 한 그루 자라지 않는 도시 한복판 땅이 금값보다 더 높이 치솟는 이 빌어먹을 세상에서 죽을 날 코앞에 둔 이 늙은이에게 부처님은 뭐라고 하실까?

묻고 또 묻는다.

"온 땅, 온 바다, 온 하늘을 쓰레기로 가득 채우면서 할 짓 제쳐두고 못된 짓만 하고 있는, '함'도 '됨'도 모르면서 헛되이 함부로 '힘' 쓰는 저 어리석은 무리들을 이대로 내버려두어야 하나요?"

하느님도, 부처님도, 알라신도 아직 말이 없다. 죽을 때까지 물어야 하겠지. 그래야 되겠지.

쓰레기 없는 쓰레기 마을 -새로운 승가 공동체의 꿈

알다시피 도시에서도 시골에서도 쓰레기가 넘쳐나고 있다.
멀쩡한 사람조차 쓸모없는 쓰레기로 버림받는 꼴도 눈앞에 보인다.
이 쓰레기들을 모두 거두어들여 되살릴 길이 없을까?

개구즉착開口卽錯, 입 닥쳐.

염화시중拈花示衆, 꽃 따 보임.

빈자일등貧者一燈, '없는 할미' 불씨 하나.

저승 갈 날이 가까워질수록 부처의 입은 무거워졌다. 유구무언有口無言, 할 말이 없었다. 떼거리는 늘었지만 죄다 비렁뱅이였다. 입만 살아 있었다. 손발 놀리고 몸 놀려 제 앞가림 할 수 있어야 저도 살고 이웃도 살릴 수 있겠는데, 일손은 놓고 가르치려고만 들었다. 먹지 않으면 살 수가 없다. 먹이지 않으면 살릴 수도 없다. 살자고, 살리자고 배우고 가르치는 것 아닌가? 주둥이로 먹고산다? 말로 먹여 살린다? 버러지들도 그러지 않는다. 땀 흘려 심고 가꾸고 거두지 않으면 먹을 수도 먹일 수도 없다. 하늘에서 떨어지지 않는다. 죄다 헛소리거나 빈말이거나 거짓말, 속임수에 지나지 않는다. 나 석가모니야 어려서부터 일손 놓고도 살 수 있는 자리에 있는 아비 어미 밑에서 태어나고 자랄 수 있어서, 그 덕에, 또는 그 탓에 아예 처음부터 손발을 어떻게 쓸 줄 몰라서 이렇게 살아왔다고 치자. 그런데 내 밑에 와 있는 이 손발 멀쩡한 것들의 꼬락서니는 무엇인가? 빌어먹고, 앗아 먹고, 훔쳐 먹는 것들만 무더기로 길러낸 것 아닌가? 나 팔아서 입 놀려 먹고사는 밥버러지들만 대대로 양산해낸 꼴이 아닌가? 이 죄를 어떻게 갚지? 소나 되어 갚을까? 입발린 소리나 하는 부처도 부처인가? 할 말을 잃었구나. 저 먹을 것도 없는, 늙어 꼬부라질 때까지 허리 한번 펴지 못하고 살아온 저 할미의 갈퀴손에 들린 기름등을 보아라.

요 몇 년 사이에 내 마음에 평화가 없었다. '평화모니', 내가 중심이 되어 길동무들과 함께 뜻을 모아온 모임이다. 그러나 '석가모니의 뜻을 받들어 이 땅의 평화를 이루어 보려 함'은 빈말이었다. '평화 - 뭐니?'였다. 낯 두껍게도 뒤늦게나마 몇 가지 내 가슴에 서려 있던 것을 제안할까 한다. '쓰레기 없는 쓰레기 마을'로 절집을 바꾸어 보기.

사람이 이 땅별에 나타난 지는 꽤 오래되었다. 슬기사람(Homo Sapiens)이 나타난 때를 얼추 십만 년 전이라고 치자. 이 사람들이 한곳에 자리잡고 낟알과 남새를 기르고 짐승들을 길들인 지는 일만 년쯤 되었다. 힘 있는 놈들이 모여 도시에 자리잡고 우두머리를 뽑아 전제 군주를 삼은 때는 오천 년 전 무렵이다. 서구의 제국주의 세력이 식민지를 개척하고 바다와 뭍에 장삿길을 연 지는 오백 년 남짓 된다. 우리나라를 잣대 삼는다면, 농촌 인구와 도시 인구가 8대 2의 비율에서 2대 8로 바뀐 것은 지난 오십 년 사이이다.

이 빠르기로 세상이 바뀐다면 앞으로 다섯 해 사이에 무슨 일이 벌어질지 아무도 가늠할 수 없다. 그 사이에 헤아릴 수 없을 만큼 많은 전쟁이 일어났고, 지금도 일어나고 있다. 그리고 이제 대량 살상 무기는 사람뿐만 아니라 생명계 전체를 위협하고 있다. 여기에 맞서 나도 살고 남도 살릴 평화로운 삶터, 살림터를 마련하지 못하면 사람을 비롯한 뭇산이(생명)들이 살아남을 길이 없다. 그래서이다. 이 땅의 남녘과 북녘에 평화 마을을 되살리고, 낯설겠지만 그 마을 이름을 '쓰레기 없는 쓰레기 마을'로 붙이자는 제안을 하는 까닭이다.

알다시피 도시에서도 시골에서도 쓰레기가 넘쳐나고 있다. 멀쩡한 사람조차 쓸모없는 쓰레기로 버림받는 꼴도 눈앞에 보인다.

이 쓰레기들을 모두 거두어들여 되살릴 길이 없을까? 어쭙잖은 자랑이지만 내 형 윤팔병은 쉰 해 가까이 도시에서 버려지는 쓰레기를 모아 가리고 나누어서 재활용시키는 넝마주이로 살아왔고, 그 능력을 인정받아 꽤 오래 '아름다운 가게'의 공동 대표라는 벼슬살이를 한 적도 있다.

어려울 게 없다. 뜻만 내면 된다. 먼저 휴전선 가까운 파주, 연천, 철원, 문산 쪽에 마을을 세우자. 이미 있는, 그러나 사라져가는 마을에 자리 잡아도 되고 새로 터를 잡아도 된다. 서울과 인근 도시에서는 먹다 버린(죄 받을 일이다.) 음식물까지 보태져서 온갖 쓰레기들이 산더미처럼 쌓이고, 그것을 어디에 버리느냐를 두고 실랑이가 벌어지고 있다.

먼저 음식 쓰레기. 백 퍼센트 재활용될 수 있다. 발효시켜 거기에서 생기는 가스는 따로 모아 방을 덥히거나 음식을 익히는 데 쓸 수 있다. 또 썩는 과정에서 생기는 구더기를 비롯한 벌레들은 닭 모이로 쓸 수가 있다.

한 본보기로, 원두 커피 찌꺼기를 따로 모아 그것으로 느타리 버섯을 탐스럽게 길러낸 사람도 있다. 그것을 땅에 두툼하게 깔아 거기에서 생기는 여러 종류의 굼벵이들을 식용이나 약용으로 쓸 수가 있다. 지난해 이미 식품의약품안전처는 누에 번데기, 흰점박이꽃무지 애벌레, 갈색거저리 애벌레, 그리고 메뚜기, 귀뚜

라미, 장수풍뎅이 애벌레 들을 식품 원료로 인정했고, 앞으로 이 목록은 해가 갈수록 더 늘어날 것이다.

다음으로 폐지. 달이 지났거나 팔리지 않은 책자나 신문, 상품 포장 골판지는 나날이 값이 떨어져 그것을 모으는 도시 할머니 할아버지 용돈도 안 되고 있다. 이것을 모아 사이사이 구멍을 뚫어 종이 벽돌을 만들어 집짓는 데 쓰면 된다. 비바람 들이치는 외벽용으로는 당분간 쓰기 어렵겠지만, 칸막이 벽돌로는 쓰임새가 훌륭하다. 이 밖에도 종이의 쓰임새는 많다. 종이 장판, 종이 요, 종이 이불, 아늑하고 불 땔 필요 없는 종이 상자꼴 침상도 만들 수 있다.

무더기로 쏟아져 나오는 플라스틱 페트병은 '스티로폼' 대신에 벽돌 사이에 끼워 넣으면 훌륭한 단열재가 된다. 이미 변산공동체에서 실험과 검증을 거쳤다. 빈 병은 달리 재활용이 안 된다면 불 때지 않는 방에 바로 세우고 거꾸로 세워서 그 위에 두툼하게 골판지를 깔고 종이를 덮으면 그 위에서 한겨울도 날 수 있다. 빈 깡통은 상상력만 발휘하면 온갖 쓸모 있는 것, 심지어 예술품도 만들 수 있다.

이제 '사람 쓰레기'다. 도시 문명의 잘못된 교육 정책으로 머리만 키우다가 쓸모없다고 버림받아 살길이 없는, 그래서 하릴없이

'룸펜 프롤레타리아'가 되어 범죄의 구렁텅이로 빠질 수밖에 없는 우리 아이들, 이 아이들에게 피말리는 경쟁 대신에 상생과 공존의 길을 열어줄 수 있다. 소비만 일삼는 '부랑자'에서 생산하는 '일꾼'으로 거듭날 수 있다. 지난 스무 해 가까운 내 경험에 따르면, 도시 학교에서 내침당한 아이들이 변산 공동체 학교에서 핸드폰 없이도, 텔레비전 보지 않고도, 게임에 코를 박지 않고도, 머리 굴리는 시간에 손발 놀리면서도, 어른들 일손 도우면서, 제가 쓸 용돈 달라고 부모에게 손 벌리지 않으면서도 저희들끼리 잘 어울려 지내는 모습을 볼 수 있었다.

왜 이 일에 불교가, 스님들이 앞장서야 하느냐고? 바로 얼마 전에 '영세중립 통일연방 코리아'를 앞당기기 위한 '평화 마을 만들기' 제안서 초안을 만들어 몇몇 뜻 있는 이들에게 돌려 읽힌 적이 있다. 이 가운데는 나라 밖에서 평화와 통일을 위해서 오랫동안 애써 온 분도 있고, 남녘땅에서 제 나름으로 자리를 펼쳐오던 이도 있다. 뜻만 있으면 뭘 하나? 길을 열어야지. 길을 열려면 닦아야지? 수도修道, 길 닦기를 일삼는 사람들과 그 사람들이 한데 모이는 곳, 바로 스님들이고 절집이다. 곧 한참(일진一眞) 스님을 만나려고 한다. 만나서 '평화 마을 만들기' 제안서를 보여 주고 들들 볶으려고 한다. 그리고 '착한 사람'만 들들(달달인가?) 볶는 들들(달달) 펀드, 또는 '볶음밥 펀드'를 만들고 절 땅도 내놓으라고 윽박지르려고 한다. 덩달아 사람도 내놓으라고 하려 한다. '평화 운동'의 '전위'가 될 가능성, '평화의 전사'로 나설 싹수를 절집에서, 스님들과 그분들을 에워싼 불자들 사이에서 보기 때문이다.

내 생각이 잘못인가? 그럴 수도 있겠다. 그러나 지난 쉰 해 동안 이 나라를 이 꼴로 만드는 데 힘을 보탠 죄가 나에게도 있으니, 죽기 전에 죄갚음하려고 한다. (변산 공동체 땅들은 이미 '변산 공동체 장학재단'에 몽땅 증여하기로 했으니, 이제 변산 공동체에는 사유 재산이 없다.) 나라도 볶고, 지자체도 볶고, 땅 가진 단체나 개인도 볶고. 들들 볶고, 달달 볶고, 쉬지 않고 끊임없이 볶아댈 참이다. 한참 그러노라면 득도得道, 길을 얻겠지. 살길 찾고, 살릴 길도 찾아지겠지.

이 늙은이가 또 무슨 짓을 저지르려나 궁금해 할 분들이 있으면 좋겠다 싶어 자그마치 여덟 쪽에 걸쳐 늘어놓은 '제안'은 큰 제목만 밝히면 아래와 같다.

1. 식량 주권이 없는 독립 국가는 허상이다.

2. 마을 공동체를 살리는 일은 식량 주권 확립의 기초 작업이다.

3. 모성(어머니됨)은 세계 평화의 보금자리다.

4. '죽임'에서 '살림'으로, '수직 질서'에서 '수평 질서'로 돌아서야 한다.

5. 도시에 의한 농촌의 식민화, 이것이 제국주의의 기초다.

이 다음부터는 여러분과 함께 채워갈 자리다.

평등한 세상을 만들자는 뜻은
고루 같이 나누는 평화로운 세상을
열자는 뜻입니다.